우동과 맞바꾼 세상

우동과 바꾼 세상

누군가는 알고 누군가는 몰랐을 가정폭력 이야기

노을 지음

프롤로그 *08*

과거의 이야기 *12*

현재의 이야기 *80*

마음의 이야기 *250*

저의 이야기를 마치며 *264*

에필로그 *270*

우동을
좋아하십니까?

겨울이면 뜨끈한
우동 한 그릇에 몸과 마음이 녹곤 합니다.
어릴 때 이런 생각 해 보신 적 있지 않으세요?
난 이 음식 하나만 평생 먹고 싶어.
전 그런 생각 해 봤습니다.

여러분들도 밥보다 과자를 좋아하던 시절엔,
그런 생각 많이 해 보셨을 거예요.

고기면 고기, 라면이면 라면, 시리얼이면 시리얼.
여러분에게 가장 맛있게 느껴지는 음식만 있다면,
어떤 고통도 감내할 수 있다고 여겨보세요.

그래요.

그 마음으로 사는 거예요.
우리 뜨끈한 우동으로 배를 채우고, 다시 달려봐요.
그럼 우동과 맞바꾼 세상을 열어볼까요?

나쁜 사람이 아니라는 전제 하에 말할게.
사람에겐 자신의 감정 표현을 마음대로 할 자유가 필요해.
자신의 마음대로 살지 못하면 죽어있는 거나 마찬가지야.

감정이 억눌려 있다거나,
마음대로 감정 표현을 하는 것에 제한이 걸려있다거나,
주변의 타인을 지나치게 인식한다면
원인을 찾아야 돼.

그런데 원인을 찾아도 고칠 수가 없다면
그 삶은 이미 죽은 삶이나 다름없지.

과거의 이야기

#일곱 살의 어느 기억

일곱 살 무렵.

나는 밥을 앞에 두고 앉아 있었다.

점심 밥상이었을 거다.

나는 말했다.

"엄마, 나 속이 안 좋아."

그러자 엄마는 "그래도 먹어봐."

라고 말했다.

그 말이 끝나자마자 나는 내 국그릇에 토했다.

토하고 나서 울었지.

나는 분명 속이 안 좋다고 얘기했으니까.

그러자 엄마는 투덜거리는 어투로 고함쳤다.

"울긴 왜 울어!"

짜증 섞인 그 목소리에 문득 정신이 들더라고.

아직도 생생한 그 날의 기억.

#장난감과 아빠

초등학생 이학년 때 쯤, 아파트 앞에 작은 상가 건물이 하나 있었다.

1층에 몇 가지 매장이 있었는데, 그 중 하나가 바로 문구점이었다.

복사나 코팅도 할 수가 있었고, 장난감도 살 수 있었는데.

문구점 아저씨는 항상 통로 앞에 장난감을 두었었다.

사람 모양의 작은 장난감들이 발가벗은 채 서 있었다.

나는 당시에 옷 입히고 벗길 수 있는 인형을 좋아했기 때문에,

그것이 갖고 싶어 늘 그 곳을 지나칠 때마다 그 장난감을 바라보곤 했다.

여느 때와 마찬가지로 그 인형 앞을 지나치고 있었다.

내 앞으로는 아빠가 걸어가고 있었다.

나는 잠시 뒤돌아서서 장난감을 10초 정도 빤히 바라보다가 앞을 보니,

아빠가 이미 저 멀리 가고 있지 않은가.

날 한 번도 돌아보지 않고 뚜벅뚜벅 걷는 모습에서,

나는 어떤 것도 말할 수가 없었다.

그저 빨리 나아가는 수밖에.

훗날에 나는 말한다.

그것이 시작이었다고.

그 날, 그렇게 아빠가 쌩 하니 먼저 가버린 것은

앞으로의 내 날들이 존중받지 못할 것을 암시하고 있었다고.

나는 그 장난감을 삼년 동안 바라만 보다가,

끝내 사달라고 말하지 못하고

내 흥미가 먼저 떨어져 버렸다.

이제는 장난감을 보면 그 때 그 장난감이 먼저 떠오른다.

아빠. 왜 날 한 번도 쳐다봐주지 않았어?

나는 늘 아빠 뒷모습만 바라보고 있었는데.

#아이의 세계

아빠는 자기 자신을 위해 사는 사람이었다.

자기 자신을 위해 사는 것-, 좋다.

그런데 정말 자신에게만 관심 있는 사람이라면?

우리가 어릴 때 아빠는 우리에게 무관심했다.

우리가 좋아하는 것, 우리의 성격, 사소한 자녀들의 면모들.

이것에 대해 관심이 전혀 없었고,

본인만의 이상을 위해 달리는 사람이었다.

근데 내가 보기에는 딱히 머리가 좋아 보이지도 않았고,

사업 수완이 좋은 것도 아니었다.

그는 늘 자녀들의 감정을 묵살했다.

사업이 어쩌다 잘 안 될수록

더더욱 폭력적인 방법으로 우리의 생각을 잘라냈다.

솔직한 감정 표현을 하면 그의 계획과 논리를 방해하는 것이 되었다.

그러다보니 우리는 밥상머리에서 침묵했다.

얘기를 들어줄 사람이 없는데 뭐 하러 얘기를 하겠어?

아빠는 늘 엄마에게 자신의 회사 얘기만 했었다.

엄마는 그런 아빠와 종종 말싸움을 하며 싸우기도 했다.

말싸움의 내용은 이해할 수 없었고,

돈 때문이었을 텐데,

나는 그것을 볼 때마다 늘 장난스럽게 두 사람을 말렸다.

"싸우지 마." 하고.

그러나 내 말에 대꾸를 해주는 사람은 없었다.

겉으로라도 "알았어, 그만할게."라고 얘기해주는 사람이 없었다.

나와, 쌍둥이 동생은 존재감이

전혀 없는 한낱 투명인간 취급받는 고아들 같았다.

동생은 그 사실을 무시해 버렸고,

나에겐 기억 깊숙하게 각인 되어버렸다.

무신경한 아빠를 생각하면 피가 끓는다.

한창 많은 것을 표현하고

한창 많은 것을 흡수할 어린이들의 세계.

난 그 시기에 귀찮은 한 명의 아이였을 뿐이다.

#개그콘서트

일요일. 가족들이 TV 앞에 앉아있었다.
우리들은 서로 아무 말도 하지 않는다.

TV 보며 웃기도 하지만,
서로에게 아무 말이 없다.

아이들은 티비 보랴 눈치 보랴 바쁘고,
어른들은 티비에만 시선을 고정한다.

내 어릴 적 개그콘서트를 보던 날에.

#학원 빠진 날

중학생이 되기 전, 초등학생 저학년에서 고학년 사이.

집은 내게 편안한 장소가 못 되었다.

성적이 자꾸 떨어지자 엄마는 내가 다닐 학원을 알아봤고,

나와 쌍둥이 동생은 종합과목을 가르쳐주는 작은 학원을 다녔다.

어느 날, 학원에 가기 싫은 나는

학원을 빠지고 문고로 향했다.

부모가 자기중심적인 집안 분위기는

나를 공부에 집중 못 하는 학생으로 만들었다.

문고에 와서 책을 읽으며 앉아있던 나.

그런데 저 멀리서 엄마가 다가오고 있는 게 아닌가.

나는 "어."라는 외침과 함께 엄마에게 무슨 핑계를 댈지 망설이고 있었는데,

엄마가 다가오더니 내 머리채를 낚아챘다.

놀란 나머지 나는 읽던 책을 떨어뜨렸고,

그대로 문고의 출입구까지 끌려갔다.

외마디 비명조차 지르지 못 한 채.

나는 그 때 이런 말을 하고 싶었는지도 몰라.

"살려줘."라는 말을.

#텐텐

반 친구들 모두가 텐텐을 먹던 그런 시절이었다.

나도 키가 커지고 싶은 마음에,

엄마에게 텐텐을 사달라고 할까 말까

몇 개월이나 망설이다 용기 내어 부탁했다.

엄마, 나 이거 사줘.

라고 애교를 부리며 얘기했다. 그러자 엄마가 말했다.

안 돼.

그리고는 빠른 걸음으로 상가 건물을 나가기 시작했다.

나는 엄마의 뒷모습을 보며 혼자 대답했다.

응….

하늘 위에서 터진 폭죽이

전소하러 내려온 것 같았다.

#모닥불

초등학생 고학년이 된 무렵이었다.

학교에서 열리는 캠프파이어 행사에 참여했다.

뚜렷이 기억나는 건 그 날은 둥그렇게 모여앉아

모닥불을 바라보며 사회자의 인솔 아래

부모님을 떠올려보는 시간이었다는 거다.

사회자는 각자 부모님을 떠올려 보라고 말했고,

친구들은 각자 부모님을 떠올리며

"엄마, 아빠. 미안해. 엄마…."

하며 흐느껴 울었다.

그런데 나만 울지 않았다.

나는 친구들을 따라 울고 싶었다.

하지만 눈물이 나오지 않았다.

'가족의 사랑이 뭐야?'

나는 부모님에게 있는 그대로

사랑받아 본 적이 없었다.

친구들은 나를 보며 수군댔다.

"쟤는 왜 안 울어?"
그 소리를 듣고도 눈물이 나오지 않았고,
오히려 우는 친구들에게 공감할 수 없었다.

우리들은 모닥불 주변을 에워싸고
같은 공간에 있었지만,
동시에 다른 공간에 앉아 있었다.

'나는 외톨이야.'
모닥불을 바라보며 슬프다고 생각했다.

나는 그 날 반 친구들에게 이상한 아이로 찍혔고
기억 속, 이해받을 수 없는 아이로 박제되어 있다.

#꼬불꼬불 앞머리

나는 십대 때 늘

긴 머리를 가진 소녀였다.

앞머리는 유난히 곱슬머리라 c자 모양이었다.

나는 그게 너무 거슬려서

엄마가 준 돈으로

미용실에서 매직 펌을 하길 바랐다.

그런데 나는 미용실을 한 번도 가보질 못 했다.

머리를 다듬어 보지도 못 했다.

아무리 말을 해도 미용실 미용비가 아까운지 늘 답이 없던 엄마.

난 내 머리를 늘 손가락으로 펴곤 했다.

꼬불꼬불 앞머리를.

#난 네 노래를 들을 뿐이야

자주 듣게 되는 노래가 있지 않은가.

사춘기 때 나도 이 노래 저 노래에 관심이 많았다.

흥얼거리기도 하고, 일본노래 가사를 다 외우기도 했다.

그 감정을 공유하고 싶어 엄마에게 (아빠에겐 말도 꺼내보지 못 했다) 말하고,

이 노래가 왜 좋은지, 들으면 어떤 느낌이라서 좋은지, 나름 노래를 분석해가며

불타올라 설명했다.

나름 나랑 같은 시선을 갖길 바라며.

그런데 반응은 한 가지였다.

"우린 나이들어서 그런 거 몰라~"

내지는

"노래가 너무 어렵다."

할 뿐이었다.

자연스레 가족과 노래를 공유하는 일이 적어졌다.

내가 십대 때 엄마와 아빠는 오십대 초중반이었는데.

나이가 많아서 노래를 이해할 수 없나?

딱히 내게 궁금한 게 없었는지도?

#그리고

지금은 소강상태다.

엄마가 내가 좋아하는 노래를 따라부르는 게 싫다.

본인만의 좋아하는 것을 가졌으면 좋겠다.

본인만의 개성을 좀 가졌으면 좋겠다.

예전에 못 해줬던 거 해준답시고 가짜 노력을 하는 것이 기분 나쁘다.

그 때는 십대였고 지금은 삼십대인데

그 때랑 지금이랑 같아?

내가 발전하지 못 하고 멈춰선 기분이다.

나는 우리의 관계를 강제 종료 해버렸다.

지금은 소강상태다.

#체리소주

친구와 함께 내 방에서 체리소주를 마셨던 기억이 있다.
그 때 그게 너무 맛있어서,

술이 이렇게 맛있다니!
놀라운 심정으로 홀짝이던 철없던 고등학생 시절이 있었다.

집에 들어오면 누구 한 사람 다정하게 맞아주는 사람이 없던
여타 날들과 똑같던 어느 날,
나는 슈퍼에서 소주 한 병을 사서 놀이터 그네에 앉았다.

외로운 감정, 슬픈 감정,
누구에게도 말하지 못 하는 가정사의 비밀.
이 모든 것은 나를 취하게 만들었고,
어느새 눈을 뜬 나는 내가 집 안에 있다는 걸 확인했다.
그 때 나는 안도감이 들었던가?
아니, 외로움일 거야.

나와 술을 마셔주던 수현이가 그립다.
너 어디서 뭐 하니?
잘 살고 있는 거야?

#감정의 흐름

감정의 흐름을 전혀 고려하지 않는다면,

그 자녀에게 어떤 영향을 미칠까?

우리 집이 그랬다.

학교에서 있었던 흐름을 그대로 집으로 가져가는 것이 보통의 학생들이다.

그러나 부모들은 그 흐름을 그대로 받아주지 않았다.

나에게 들려오는 부모들의 모든 얘기는 자신의 얘기였다.

자기중심적인 얘기, 얘기, 또 얘기였다.

이로 인해 나는 내 삶에 집중하기가 어려운 경험을 했다.

흐름이 끊기는 기분이 들었고,

기분이 몹시 비참했다.

생각이 없다는데 밥을 떠먹여주기도 했다.

중학생, 고등학생이 되면서 그 행동은 참을 수 없는 것으로 변해갔다.

그 때부터 나는 나쁜 생각을 시작했다.

#의자를 놓고 섰다

우리는 그 때 아파트에서 살고 있었다.

옛날식 아파트로, 엘리베이터를 타고 올라가면 긴 복도가 있었고

문들이 나란히 나란히 있는 구조였다.

나는 어느 날 긴 복도 위에 의자를 놓고 섰다.

뛰어내릴 생각이었다.

그런 나를 발견하고 엄마가 빠른 걸음으로 내게 오고 있었다.

엄마는 내 앞에 도착해서는

대뜸 내 머리채를 낚아채서

머리를 잡은 채 복도를 끌고 다녔다.

나는 왜 그래, 일단 내려와서 얘기하자,

말해주는 그런 평범한 엄마의 모습을 보고 싶었던 것 같다.

우리 집 앞부터 엘리베이터가 있는 문 앞까지

엄마는 내 머리채를 잡고 끌고 갔고

그 뒤로는 기억이 없다.

#구둣발

때는 내 풋풋했던 스무 살 적의 기억이었을 거다.

나는 그 때 남자친구가 있었다.

그런데 그 남자친구는 늘 이런 말을 했다,

집안 분위기가 이상해. 너도 이상해.

그는 늘 그랬고, 그 말은 내 마음 속에 가시처럼 박혔다.

나는 어느 날 아빠의 차 안에 타고 있었다.

아빠는 운전석, 나는 조수석에.

나는 아빠에게, 남자친구와 이런 말을 주고 받았다고

차마 말 하지 못 했다.

그는 내 입장에서 생각할 줄 모르니까.

아빠가 미웠다.

그저 너무 속상해서 아빠를 발로 찼다.

그러자 아빠의 구둣발이 내 얼굴로 날아왔다.

"아빠를 발로 차?"

그래. 당신은 딸이 위계질서를 어기는 것을 싫어했지.

난 당신 용서할 수 없었어.

이제 와서야 말하는 거지만 말이야.

나는 무서워서 울면서 집 안으로 뛰어들어갔다.

엄마에게 안겨 호소했지만 엄마는 아무 말이 없었다.

아무도, 아무도, 아무도 나를 보호해주지 않아.

나는 왜 내 얘기를 할 수가 없을까?

나는 왜 내 감정을 이렇게 억눌러야만 할까?

나는 이 집에서 도대체 어떤 존재일까?

#전생의 악연 (다소 폭력적인 내용이 있습니다)

대학을 졸업하고 잠시 여행사에서 알바를 시작했다.

첫날부터 상사가 나에게 불만이 많았다.

그래서 갈굼당하기 시작했고, 결국 나는 이튿날 일을 그만둔다고 선언한 상태였다.

이튿날, 무단출근으로 버티는데 상사가 나에게 여행사 옷을 가져다 달라는 것 아닌가.

그걸 받은 걸 후회하며 나는 가족들과 논의를 시작했다.

"이 옷을 가져다 줘야 돼?"

찝찝했다. 내가 기억하기로 그 상사는 다소 폭력적이었다.

그러자 엄마가 대답했다.

"빨리 갖다 줘버려."

'왜?'

나는 속으로 생각했다.

옷 따위야, 옷 한 벌 따위야. 여행사에 수두룩한 게 여행사 옷이었을텐데.

그래도 난 엄마의 말에 설득되어 옷을 가져다주러 갔다.

상사는 나를 기다리고 있었다.

그리고 얘기 좀 하자며 아주 구석지고 어두운 곳으로 나를 유인했다.

나는 어두운 곳에서 뺨 두 대와 배 한 대를 맞았다.

심지어 내 핸드폰이 던져져 파손되었고,

나는 이 사실을 집에 돌아와 엄마 아빠에게 얘기했다.

그 누구도, 나에게 "괜찮아? 많이 놀랐지?"
라고 하는 게 아니었다.

나보고 옷을 도로 돌려주라던 엄마는 아무 말도 없었고
아빠는 "몇 대 맞았어?" 라고 할 뿐이었다.

내게 필요한 건 문제해결능력이 아니라 공감과 걱정이다.
결국 핸드폰 값은 받아냈지만 나는 가족들이 당연히 해 줘야 할 걱정을
받지 못 하는 경험을 했고 이는 내 삶에 있어 부모를 부모로 공경하지
못 하도록 만드는 하나의 사건이기도 했다. 그 누구도 내 걱정을 하지 않았다.
대신, '쟤가 왜 하필 얻어 맞고 와가지고 우리가 어떤 반응을 해야할지 몰라,
곤란하게 만들어.'
따위의 시선을 내게 보냈다.

나는 직감적으로 그 시선을 느낄 수 있었다.
나는 홀로 방에 들어왔다.
나는 내가 누구를 원망하는지 곰곰이 생각해 보았다.
'옷을 가져다 주라던 엄마일까,
나를 때린 그 상사일까?
누가 내게 더 악연이었을까?'

#탈출의 이유

대학생도 되어봤고 회사도 다녔다.

성인이 되고 나서의 기대감이란,
내 삶을 좀 더 내 방식대로 통제할 수 있을 거라는
누구나 하는 그런 기대였다.
그러나 내 삶은 뜻대로 흘러가지 않았다.

부모님은 여전히 내가 의견을 내면 무시했다.
벽에다 대고 말 하는 것 같았다.
심한 말도 한다.
그러다 갑자기 노을아~ 오늘 우리 만날까?
라고 말한다.
내 감정의 흐름이 끊어지는 기분이 들고
혼란의 연속이었다.

회사에서 내 감정을 컨트롤 하느라
늘 애를 먹었다.

어릴 때부터 지금까지 이 짓을 겪으니
가족으로부터 도망가야겠다고 생각했다.

#세상에서 가장 낮은 여행자

어느 날부터 나는 떠돌기 시작했다.

떠돌면서, 블로그 마케터로 활동하였다.

나는 일 년 반 정도의 시간을 경주, 부산, 제주에서 보내며

일상 콘텐츠를 올렸고,

맛집과 여행지 심지어 머무는 게스트하우스 주변

그 모든 일상을 블로그에 새겼다.

이 때 나는 스물 다섯 살이었고

가족과 나누지 못하는 온정을 사람들에게 바랐던 것 같다.

하지만 온전한 행복은 사람들로는 채워지지 않았고

나는 어느 날 홀린 듯이 우도섬에 도착했다.

우도에서 우도용 작은 자동차를 타고

우도를 돌던 어느 시간 때에,

나는 바다와 이어진 길을 발견하였다.

그 길을 따라 걸으며 나는 지나간 과거를 되새겼다.

약간의 나쁜 생각도 했던 것 같다.

그래서 바다로 빠질 생각으로 걸어갔는데,

어느 순간 나는 미끄러졌다.

바다 위 돌을 밟고 미끄러졌던 것이다.

그리고 정신이 번쩍 들면서

왔던 길을 다시 돌아왔다.

당시를 생각하면, 조상이 도왔을까?

싫었던 경험이었지만,

그 날 이후로도 가족과 나의 사이는

여전히 무정한 관계만이 계속되었다.

나의 여행 블로그는

꽤 비싼 가격에 판매되었다.

나는 생각했다.

어쩌면 나의 삶은 외로움 그 자체일지도 몰라.

블로그 마케터로 살았던 나의 삶이란

세상에서 가장 낮은 자의 여행기였어.

#존댓말 써

나는 유머러스하고 인간미 있는 사람이 되기 위해 노력했다.

그리고 가족 안에서 균형을 잡길 원했다.

부모님과는 반대였다.

부모님들은 자식을 통해 균형이 맞춰지길 바랐다.

여러 번 엄마와 말다툼이 있었다.

그 대화들은 언제나 평등한 말투로 이루어져야 했지만,

엄마는 나와 자신의 의견이 충돌할 때면 이 말부터 했다.

"존댓말 써!"

엄마와 나 사이에는 유머가 없었다.

쌍둥이, 언니, 아빠에게도 나는 유머를 쓰면 안 되었다.

그들은 내 유머를 어떻게 받아들여야 할지 생각도 하지 않았기 때문에,

우리의 소통 사이에는 권위가 가득했고,

나는 이제 유머러스한 사람이 아니게 되었다.

#꿀물

내 이십대 중반 넘어서의 일이었다.

어느 날 밤, 아빠가 술을 잔뜩 마신 채 집으로 들어왔다.

나는 물었다.

"아빠, 꿀물 타줄까?"

아빠는 말했다.

"아니, 됐어."

그리고 등을 돌려 방으로 들어가 버렸다.

나는 그 때 무슨 말을 더 듣고 싶었을까?

#괴물

아빠가 날 부를 때면 가슴의 두근거림과 떨림이 멈추질 않았다.

그는 나를 자신의 소유물로 여겼고 늘 쌍둥이와 나를 차별하며 조건적인 사
랑을 주었다. 나는 그가 나를 한 번이라도 있는 그대로 사랑해주길,
애초에 나에게 줄 사랑 따위, 마음 속에 없는 그의 앞에 늘 해바라기처럼
서서 아빠가 나의 눈을 맞추고 이야기하기를, 그럼으로써 내 마음에 평안이
찾아오기를 바랐다.

아빠는 어떻게 하면 날 깔보고 무시하고 조종할까, 오직 그것만 생각했고,
돈을 적게 벌어오면 탓을 했고 돈을 많이 벌어와도 그것밖에 못 모았냐며
타박을 줬다. 내가 무슨 말만 하면 울컥 화를 냈고,
나는 늘 쫄아서 지내는 사람이었다.

그의 높은 기준치에 맞추느라 나는 나답게
살아갈 수 없다는 좌절감에 늘 휩싸여 있었다.

둘째 딸인 나한테 진심 어린 따스한 말 한 마디 해준 적이 없었다.
그의 어쩌다 하는 칭찬은 가식적이었고,
소유물로써의 가치를 인정받는 꼴이었다.

나는 가짜를 혐오했다. 가짜 칭찬, 가짜 말, 가짜 표정.

그의 모든 것이 나를 비좁은 감옥에 가두어 놓고 길들이고 있었다.

나는 그에게 '어떻게 하면 진짜 예쁨을 받을 수 있을까?

난 어떻게까지 해야 그의 높은 기준에 충당될 수 있을까?'

이것을 늘 생각하면서,

그에게 한 번이라도 인정받으려고 기를 쓰고 노력했다,

동시에 내 삶은 점점 피폐해져 갔다.

이제야 말하건데, 나는 그를 진심으로 존중하기 위해 애썼다.

그는 정체는 아빠가 아니라 괴물이었음에도.

#나의 가족에게

엄마.

아빠.

쌍둥이 동생.

나는 오늘도 일하고 퇴근해서 가족과 무슨 얘기를 나눌까 생각해.

하지만 오늘도 마찬가지야.

전화를 할까 말까 망설이지.

포기하고 싶어져.

통화하는 것을.

이제 솔직하게 자신의 감정을 표현하는 게 당연한 세상이 됐는데,

나는 여전히 단념하고 있구나.

그냥 소소한 내 일상을 나누고 싶을 뿐이야.

겁이 나.

나만 세상과 다른 사람이 될까 봐.

나만 얘기할 가족이 없는 걸까 봐.

#쌍둥아, 왜 그래

쌍둥이와는 아무런 대화가 없었다.

그 아이는 가족의 문제를 잘 알면서도 항상 무시하며 살아갔다.

그 편이 나았을지도 모르지.

어차피 고칠 수 없을 테니까.

그러나 나는 그가 언젠가 나와 함께 부모님에게 대놓고 얘기하길 꿈꿔왔다.

모든 것에 대해서.

나는 어느 날 쌍둥이에게 질문한 적이 있다.

"우리 사는 거 너무 힘들지 않니?"

"아니."

"난 너무 힘들어. 특히 부모님의 자기중심적인 태도, 그리고 무관심함.

넌 어떻게 받아들여?"

"니가 가정 분위기를 깨지 않았으면 해."

그 녀석의 어조에는 자신의 무언가를 지키려는 게 묻어났다.

난 어떤 얘기도 진행될 수 없다는 것을 눈치챘다.

그 녀석은 일부러 모든 것을 마무리 짓고 있었다.

그러나 나는 알고 있다.

그도 감당하기 어려운 문제라는 것을.

나는 이 친구의 생각을 존중하기로 했다.

#노래의 의미

이십 대 시절, 내게 힘이 되는 노래가 한 곡 있었다.

그 노래는 지옥과도 같은 가정 생활을

이겨내게 해 주는 힘이 되었다.

내 고통스럽고 혼란스러운 이십 대를

나는 그 노래를 들으면서 버텼다.

그리고 삼십 대 중반에 그 노래를

부른 가수를 만난다.

한 번 직접 들어보고 싶었다.

어떻게 이런 멋진 노래들을 쓰게 되었는지,

물어보고 싶기도 하고, 어떤 분인지 궁금해서 갔다.

음악가의 개인 공간, 작업실에서였다.

가수의 공간은 독특했으며 가수의 색깔이 그대로 묻어났다.

가수답다고 생각했다. 책장에는 '가짜심리'라는 두꺼운 책이 꽂혀 있었다.

그 외에 다양한 책들이 책장을 가득 메웠다. 가수는 얘기해주었다.

"공연 끝나고 읽어도 돼요."

'와, 진짜요? 너무 읽고 싶어요!'

속으로 기뻐했다. 스타가 좋아한다는 책들을 읽어보고 싶었다.

그 곳에는 나를 비롯한 네 명의 손님이 도착했고,

예매 후 공연을 즐길 수 있도록 소규모 콘서트를 열고 있었다.

손님들은 서로 친해 보였고, 친구 관계로 보였다.

그 중에 한 명이 꼰대였다. 첫 눈에 알 수 있었다.

'아, 다른 날로 올걸. 이래서는 공연을 제대로 즐길 수가 없겠는걸.'

나는 가수에게 말했다.

"이십 대 때부터 노래들을 들어 왔는데, 팬이 된 건 얼마 되지 않았어요."

가수는 물었다.

"그럼 지금 이십 대가 아니라는 거예요?"

"서른 다섯 살이예요."

라고 대답했다.

그러자 그 꼰대 아줌마가 내게 말했다.

"나이 순으로 얘기를 쭉 해서 귀여워요."

'귀엽다고? 처음 본 사람에게 귀엽다고 말했나?'

귀를 의심했다. 이토록 예의 없는 부류를 알고 있다.

결혼 후 사회생활을 별로 해보지 않은 부류일 확률이 높았다.

내가 생각하는 사회생활이란 경제적으로 돈을 벌기 위해

세상 속에 뛰어들어 사람들과 부딪치고 겪는 사람들이다.

이런 이들은 함부로 상대방을 깎아내리거나 판단하지 않기 때문이다.

정말 친해지기 전까지, 아무리 본인보다 어린 사람이라 해도

귀엽다는 등의 말과 함부로 사람을 판단하는 행동은

누가 봐도 예의에 어긋나는 말과 행동이었다.

나는 지금 하대를 받고 있다, 처음 보는 사람한테.

'뭐가 귀여워? 당신 나 알아요?'

동안이라는 것은 사회생활 할 때 매우 불리한 요건이다.

기가 찼다. 나는 집에서도, 여기에서도

가정폭력이라는 1차 피해와

사회에서 겪는 2차 피해로부터

그다지 안전하지 않은,

나는 정말 점보다도 더 작은 인간이구나.

망했다. 공연을 즐기기는 틀렸다.

신경이 쓰였다.

그 때 뛰쳐나왔어야 했다. '미안합니다, 가볼게요.' 하면서.

노래를 들으면서 궁금한 게 생기면 물어봐도 되는 것 같아서,

가수에게 몇 가지 질문을 드렸다.

"'****.'라고 대답을 하는 가사 부분이 있던데, 누구에게 대답하는 건가요?"

"접니다. 제가 이중인격자라서."

'정말 본인이 이중인격자라고 말씀하시는 건가? …약간 화가 나신 것 같은데?'

"누구라고 생각하나요?"

"**? 아니면 아까 말씀하신 **?"

"*** *****."

나는 앨범에 수록된 여러 곡을 외우고 있었지만,

노래를 함께 부르지도, 호응하지도 못 하고

속상하게도 공연이 끝났다.

'… … 에휴.'

나는 스타에게 할 말이 있어 뒤에 남았다.

스타는 내게 물었다.

"창의적인 일 하세요?"

'창의적인 일 하냐고요?'

혼자 생각했다.

'아니오. 노래에 대한 관심이 질문을 드리게 만들었던 거죠.'

"신생 기업에게 솔루션을 제공하는 회사 업무를 해요."

그리고 나는 물었다.

"노래를 만들 때 어떤 철학을 가지고 만드세요? 그런 철학이 있어요?"

나는 드디어 물었다. 드디어!

가수는, 한참 동안 대답이 없다가,

"일이니까 하죠. 노래 한 곡 나오면 감사하죠."

스타의 말투가 상당히 퉁명스러웠지만,

덕분에 나는 궁금증이 풀렸다. 하긴, 여러 곡이 있었지.

어떤 철학으로 만드는 게 아니었구나.

나는 '****'이라는 노래를 안다고 얘기했다.

그러자 가수는 내게 "그걸 어떻게 알아요?"라고 물어보았다.

그다지 인기 있던 곡은 아니었다.

그런데, 그 인기 많지 않았던 곡으로 위로를 삼았던 사람도 있는 것이다.

'그걸 어떻게 알아요?

내가 이십 대일 때부터 들어왔다고 분명히 얘기했잖아요.'

나는, "인기가 많은 곡은 아니었던 걸로 기억하는데, 잘 기억나진 않지만

어쨌든 유튜브가 활성화되기 전부터 알고 있었어요."

와 같이 비슷하고 좀 더 길게 대답했으며,

스타는 내 말을 중간에 자르고,

"아무래도 공적으로 해야 할 것 같네요. 피드백 주셔서 감사해요."

라고 말했다.

'네. 뭐라고?'

'내 말을 끊어? 내가 피드백을 줘?'

'이 사람은 나를 이용하고 있어.'

그래도 포기하지 않고 ****에 대한 얘기를 하며 내게 어떻게 느껴진

노래인지 감상을 얘기했고, 또 좋은 노래인 것 같다고 얘기했다.

나름대로 내가 느끼는 노래의 의미가 있었다.

그러나… ….

"*** 노래 알아요?"

"네, 알아요."

"***, **, ****, 들으면 다 환경 단체로 가요!

저한테 안 가고 다 환경 단체로 가요!"

가수는 신경질적인 말투로 무안을 주기 시작했다.

퓨즈가 끊어지는 기분이 들었다.

'오, 그래요? 그 노래들을 들으면, 돈이 다 환경 단체로 간다는 사실을 알고 싶어서

내가 노래에 대한 감상을 얘기한 게 아니라는 걸 알 텐데.

그래도 적어도 나는 팬이고, 당신 노래 좋아해서 여기 왔는데,

당신은 나를 이용하고, 내 얘기는 잘 들어주지도 않고,

본인의 감정은 소중히 하고, 타인의 감정은 무시해도 되고요?

당신 노래 십 년을 들으면서 치유해 왔어.

나한텐 남다른 의미의 노래였다구.'

대화가 되지 않고 있다. 내 생각이 다 튕겨져 나가고 있다.

어쩌면, 내가 가정폭력을 당하지 않고 살아갔다면,

다른 대화가 만들어지지 않았을까?

아니다. 그래도 똑같은 대화를 이어나갔을 것이다.

스타가 무안 주는 포인트를 알 수 없었다.

이유도 모르겠고, 납득도 되지 않았다.

'이 사람과는 친해질 수 없겠구나. 영영.'

그러고나서, 대화의 주제가 바뀌어 나는 지금 정사서를 도전하고 있다고 말했다.

정사서가 뭔지에 대한 대답을 하려는 찰나, 아까 그 꼰대 아줌마가 끼어들었다.

"나도 문헌정보학과 나왔는데."

라고 내게 얘기했다. 이 아줌마는 나를 우습게 보고 있다.

본인 말에 맞장구 쳐주고 맞춰주기를 바라고 있다.

내가 어려 보여서. 내가 약하니까.

'아줌마. 당신 대하고 싶은대로 감정적으로 대하지 마.

내 세상에서는 나도 소중한 사람이야.

내 얘기 잘라먹지 마. 당신이 문헌정보학과를 나왔든,

어떤 학과를 나왔든, 난 애초에 관심도 없었어.'

나는 문 출입구 쪽으로 점점 이동하게 되었다.

가수가 얼른 가달라는 제스쳐를 해서였다.

공연 보러와서,

처음 보는 아줌마한테 하대받고, 스타한테도 무시당했다.

나도 나름대로 사회생활을 하며 쌓아 온 것들이 있었다.

설령 그렇지 않다 하더라도, 사람이 사람에게 이용가치가 되고,

우스워지는 그런 상황을 겪는다는 것은 잘못된 것이다.

이 공간에 다시는 발을 들이지 않으리라.

이 가수의 소규모, 대규모 콘서트, 모두 참여하지 않으리라.

처음 왔을 때의 기대감과 설렘에서 부정적인 감정만을 가득 안고 떠나면서,

나는 노래와 가수의 상반된 모습에 의문이 들었다.

자신의 노래를 이토록 오래 들어온 팬을 만난 적이 별로 없어 보이기도 했지

만, 그건 가수 자신의 개인적인 부분이었다.

가장 중요한 건 지금 내 상황이다.

내 모든 게 부정당하는 느낌이었다.

노래의 의미가 희미해졌다.

그 노래는 내가 아빠한테 학대당할 때마다 참으면서 들었던 노래였다.

나는 그 노래 덕택에 지금까지 긴 목숨을 이어왔었다.

혹시나 내 상태가 되돌아왔을까 싶어, 집에 와서 노래들을 다시 들으려 해보았다.

그런데 힘겹게 ON이 된 노래들은 금방 OFF 버튼으로 종료되었다.

이미 더 이상 예전의 노래로 느껴지지 않아.

폭력으로부터 나를 지켜주던 노래들이 작고 작은 노래들로,

아니, 더 이상 노래가 아닌 것들로 변하는 과정이 시작되었다.

작고 작은 노래들을

다시 크고 인간미 넘치던 노래들로 바꿔줘.

노래의 힘을 다시 얻고 싶어.

내가 의지하던 노래들을 잃고 싶지 않아서

집에서 여러 번 따라 불러보았으나,

나는 다시는 그 노래들을 예전과 같은 감정으로 부를 수 없게 되었다.

#방송국 생활

대학을 졸업하고,

나는 그 힘들다는 방송국 생활을 하며 이십 대의 대부분을 보냈다.

조연출, 웹AD, 작가까지, 직업도 다양하게 바꿔가면서

내가 할 수 있는 모든 것을 방송국 생활에 쏟아부었다.

사실 나는 '사람의 이야기'에 관심이 많았다.

그래서 주로 교양 프로그램, 시사 프로그램에서 일하기를 원했고

신기하게도 교양 프로그램을 주로 맡아서 했던 것 같다.

그 때는 그 일이 나를 증명하는 유일한 것이었다.

지금도 가끔 옛날 생각을 하며 미소 짓는다.

나는 그 때 한 사회의 구성원이었지, 하고.

살아있는 기분이 들었다고.

#조현병의 일반화

삼십 대 초반의 나는 직장 취업이 잘 되지 않아 번번히 면접에 탈락하는 중이었다.

취미 생활은 상상도 못 했고, 매일매일 경제적 불안감에 허덕이고 있었다.

이때 가족들이 날 위로해주었더라면, 조금이나마 버틸 수 있었는지도 모른다.

모두는 내가 미취업 상태인 것을 주변에 쉬쉬했고,

아빠는 내가 예전에 방송국을 다녔었다고

떠들고 다녀서 자존감이 남아나질 않았다.

이 힘든 시기에 엎친 데 덮친 격으로,

나는 조현병을 앓기 시작했다.

그러자 아빠는 나를 탓하기 시작했다.

내가 조현병을 앓는 것 자체가, 더러운 질병을 가진 동물이라도 보듯이.

나머지 가족들의 반응 역시 좋지는 않았다.

조현병의 증세가 호전되지 않자, 모두는 나를 병원에 강제 입원시켰고

나는 그 안에서 두 달 정도의 기간 동안 완전히 회복해서 집에 돌아올 수 있었다.

그러나 나는 가족들의 차가운 반응에 다시 한 번 눈물을 삼켜야 했다.

모두가 내 문제라고 얘기하고 있었다.

모두가 나를 이해할 수 없다는 시선으로 바라보았다.

퇴원하고 온 첫날 밤, 나는 밤새 잠을 이룰 수 없었다.

#리틀 파더

언니는 아빠와 성격이 똑같다.

'리틀 파더'라고 불러도 과하지 않다.

언니는 위계질서에 민감했고,

항상 동생들을 만나면 상대방을 배려하지 않고 모든 말을 시작했다.

자신의 말을 폭포수처럼 쏟아내는 것은 괜찮다.

누구라도 자신의 이야기를 하고 싶어 하니까.

문제는 상대방에 대한 예의와 배려가 없다는 점이었다.

가족이라도, 남이라도 항상 상대방을

한 번쯤은 배려함으로써 대화의 포문을 연다.

그런데 언니는 나를 부하처럼 여기고 대했다.

언니는 나와 열 네살이나 차이 나지만, 그건 옛날 이야기이고,

지금은 나도 성인이고 어른이다.

동등한 어른으로써 대해줬으면, 늘 바랐지만

언니는 늘 나를 부하로써 대했다.

언니는 솔직한 것 같지만 사실 솔직하지 않은 대화법을 가지고 있다.

언니는 엄청난 동안이다. 실제 나이보다 20살은 어려 보인다.

아마 본인도 그걸 알고 있을 것이다.

몇 년 전, 언니와 맛집을 왔다.

언니는 내게 말했다.

"언니도 이제 곧 50이네. 늙어 보이지?"

나는 그것이 칭찬을 바라는 말인 것을 단박에 눈치챘다.

본인도 본인이 동안인 거 알고 있을텐데, 솔직하지 못한 질문으로 동생에게 솔직

하지 못한 대답을 바라는 것이다.

대답은 정해져 있었다. 아니라고, 언니 그렇게 안 보인다고.

그 소리를 듣고 싶어서 질문을 비꼬아 한 것이다. 대답하기 매우 불편했다.

이런 솔직하지 않은 방식으로 대화해서 남는 게 뭐가 있을까.

또 한 가지 경험이 있다. 이것은 위계질서에 민감한 언니만의 대화법이다.

내 쌍둥이는 엄마와 대립이 있었던 적이 있다.

엄마가 쌍둥이의 반대 시위에 참여하는 행동을 제지한 적이 있는데,

쌍둥이는 엄마에게 이럴거면 인연을 끊자, 라고 말했다고 나는 전해 들었다.

그 때 언니는 동생에게 이런 말을 했다고 한다.

엄마에게 함부로 말할 거면 나랑도 인연 끊자, 고.

아무리 열 네살이나 차이나는 동생이라지만 쌍둥이도 쌍둥이 나름의 생각이 있다.

자신의 고집에 방해받지 않고 싶은 마음이 있었을 것이다.

그런데 언니는, 그 생각을 존중하지 않고 강압적으로 협박함으로써 굴복시키는

방식을 통해 상대방을 제압하길 바랐다.

그런 행동들은 동생과 나의 인생에 엄청나게 부정적인 영향을 미쳤을 것이다.

정말 괜찮은 사람은 자신의 강인함을 사람 괴롭히는 데에 쓰지 않는다.

그런데 언니는 동생을 굴복시킴으로써 자신이 동생들보다 더 위라는 생각을

항상 증명받고 싶어했고, 평상시에 나르시시즘에 빠져있는 사람이었다.

그래서 언니를 만나면 따지고 싶다.

왜 평범한 자매처럼 지낼 수 없냐고.

그럼으로써 뭐가 얻어지냐고.

위계질서를 강요하는 당신을, 더는 참아줄 수 없다고.

언니는 지금 학원에서 영어 교사를 하고 있으며, 호주로 유학을 갔다 온 경험

이 있는 유능한 교사이고, 딸 하나와 아들 하나를 두고 있는 유부녀이다.

매일 인스타에 자신의 일상을 올리며 자랑하지만, 나는 그 마음 안에

들어있는 과한 자랑이, 주목받는 것에 목마른 자의 결핍으로 느껴진다.

세상 사람들이 대부분 인스타를 통해서 자기인정욕구를 풀지만,

언니는 그것과 다른 좀 더 심한 욕구가 있다고 나는 생각했다.

언니가 나를 자매로 생각한다면 자존심을 굽히고

지난 날들에 대한 사과와 안부 전화를 할 것이다.

오랜 시간 나를 힘들게 한 언니가 쉽게 바뀔거라는 생각이 들지는 않는다.

강압과 굴복은 가족 관계 내에서 흔히 일어나는 폭력이다.

그 관계에서 해방되기 위해 기적을 바라며 글을 적는다.

#내 잘못일까?

삼년 전 쯤.

2021년 어느 열기 가득한 한여름.

엄마와 나는 경주에 놀러갔다.

"저기 나무 있는 쌍무덤 앞. 저기가 포토존이야. 포토존에서 사진 먼저 찍자."

내가 말했고,

엄마는 "무덤 안에 먼저 구경가자." 라고 했다.

엄마가 저기를 먼저 보고 싶다면 저거 먼저 봐야지.

엄마 말대로, 천마총을 먼저 찾아가 무덤 안에서 발굴된 금관도 보고, 반지. 신발.

그 외 장신구들, 물품까지 구경을 마쳤다.

포토존인 쌍무덤 위로는 옅은 어둠이 드리워져 있었다.

사진 찍기는 영 글렀다, 그렇게 사진 먼저 찍자니까.

우리 차례가 되자, 우리 둘은

뒷 사람에게 사진을 부탁했고

이미 어두워진 하늘 아래 두 사람이

핸드폰 카메라 속에 담겼다.

다음 날,

숙소를 나온 우리는 경주의 왕이었던 누군가의 무덤을 보러 갔다.

커다란 무덤을 향해 오르막길을 올라가니,

차분한 잔디 위에 덩그러니 놓인

큰 무덤이 보였다.

무덤을 보고 내려와 우리는 말 없이 서서

버스를 기다렸다.

갑자기 엄마가 나의 손을 꽉, 매우 꽉 쥐었다.

너무 아팠지만 나는 가만히 서 있었다.

엄마는 "아파?"라고 물었고,

나는 대답했다. "응."

그리고 우린 아무 말도 없었다.

엄마, 우리는 경주 고분과 사람 같은 관계일까?

경주에 고분과 사람은 늘 같이 있잖아.

그런데 고분과 사람은 서로 말이 없잖아.

나눌 감정의 교류가 없어.

엄마가 내게 못마땅한 이유가 궁금해.

또 내 잘못일까?

#시집

때는 내가 11개월 간 실험보조원으로써의

모든 근무를 마친지 한참이 지난 후였다.

나는 오 년만에 아빠 번호를 차단한 것을 풀고 아빠에게 전화하였다.

아빠는 말했다.

"네가 초등학생 때 쓴 시를 모아서, 시집을 낼 생각이야."

나는 말했다.

"그 시들은 싫어. 모두 다 슬프잖아."

사실이었다.

내 시들은 어딘가 매우 슬펐다.

그래도 아빠는 내겠다고 아우성이었다.

나는 그 이유를 알고 있었다.

본인의 딸로 인해 본인에게 쏟아질 사람들의 칭송을,

그 겉으로만 반지르르한 칭찬을,

아빠는 바라는 것이었다.

그는 그런 사람이라는 걸 잠시 잊고 있었네.

그랬지, 참.

#덫에 간힌 쥐

같이 살 때, 아빠는 늘 출근인사를 강요했다.

2023년 8월부터 시작된 가족상담.

아빠는 상담사에게 내가 인사를 안 하는 것이 서운하다고 털어놓았다.

아침마다 늘, "안녕히 다녀오세요."라는

인사를 받아 보고 싶어 했다.

너무 불편했다.

내 의사는 안중에도 없었다.

자기 자신을 위해 가족을 만든 사람 같았다.

그래서 나는 이 틀을 깨기로 했다.

#너 우울증 환자였어

"난 밥 먹기 싫어."

나는 심각한 무기력증에 빠져 매트리스 위에 조용히 앉아 있었다.

엄마가 밥을 떠서 나물을 얹어 내 입에 억지로 디민다.

나는 거부했다.

"안 먹는다고 했잖아!"

그러자 엄마가 말했다.

"에이, 씨. 어린 시절이랑 똑같네. 너 우울증 환자였어."

나는 반박했다.

"아니야. 왜 그렇게 생각해?

난 우울증 환자 아니었어. 나는 그냥 나답고 싶었어.

한 번도 내 감정을 편하게 말해 본 적이 없어.

한 번도 내 감정을 공감받은 적이 없어.

난 가족들이랑 얘기를 많이 나누고 싶었을 뿐이야."

그러자 엄마가 말했다.

"내가 뭘 어쨌는데.

말하는 것 좀 봐.

너한테 최선을 다 했지,

내가 뭘 어쨌는데?

너는 지금도 우울증 환자야.

약 먹어, 얼른."

#외로움의 공식

'엄마.

나 엄마랑 같이 있으니까 더 외로워.

나 외로워.

엄마.

나 눈물이 나오지 않으려고 그래.

울고 싶다고 마음이 말하는데,

눈물 흘리면 엄마는 이상하게 바라보잖아.

제발

나에게 웃음을 강요하지 마.

엄마, 나 괴로워.

엄마, 나 허전해.

엄마, 나 공허해.

엄마가 나를 처음 안았던 날 기억해?

나를 사랑스럽게 보던 눈빛,

그 눈빛은 어디 갔어?

엄마.

왜 자꾸 나를 세상 물정 모르는

어린아이로 만들어?

나에게 기대려는 동시에

예민하다고 말하는 엄마.

나는 아무리 먹어도 자라지 않는

난쟁이

같은 거야?

엄마와 함께 있으면 살아갈 힘이 없어.

엄마,

나 외롭고 고통스러워.'

#트러블 메이커

나는 친언니와 형부가 이혼했다는 소식을 부모님으로부터 전해 들었다.

나는 말했다.

"두 사람 이혼할 줄 알고 있었어."

이 말을 한 이유는, 진짜로 두 사람의 성격이 맞지 않다는 걸

어릴 때부터 잘 알고 있었기 때문이다.

그러자 아빠가 따졌다.

"근데 왜 말 안 했어?"

라고.

생각해 봐, 아빠.

나는 언니가 결혼할 때 고작 열두 살 어린애였다고.

그런데 지금 그 어린 아이에게 탓이 있다고 하는 거야?

둘이 결혼을 하고, 이혼을 한 건 오로지 그 사람들의 선택이었지.

나는 두 사람을 잘 만나지도 않았고,

둘의 이혼과 아무런 관계가 없는걸?

오늘도 아빠는 내 탓을 하는구나.

이젠 무서워.

아빠의 입 밖으로 나오는 모든 말들이,

나를 공격하고 있어.

라고 생각했다.

#나의 시간은 멈춰있다

폭언과 폭행 이기심만이 오가는 가족들의 세계에서

아무리 소신을 지키려 해도 뛰어다녀도 평생 벗어나지 못해.

#에그 인 헬

어느 날 에그 인 헬과 구운 닭 요리를 만들어
가족들을 먹였다.
그 전에 엄마와 장을 봤는데,
엄마에게 "방울토마토를 사야 돼.
에그 인 헬에는 방울토마토가 들어가."
라고 말했지만,
엄마는 방울토마토가 안 보이니
생토마토를 사자고 하여 그걸로 요리했다.

모두들 말 없이 음식을 먹었다.
"원래 생토마토로 하면 안 돼.
방울토마토로 해야 돼."
음식을 먹는 모두에게 에그 인 헬의
아쉬운 점을 얘기했다.
모두들 무슨 말을 해야 할지 모르는 눈치다.
식사를 마치고 나는 식기를 정리했다.
그런데 아빠가 얘기했다.

"또 해 줘. 딸이 해주는 음식 또 먹고 싶은데."
그렇구나.

아빠는 고맙다는 이야기보다 요구가 우선이구나.

나는 아빠의 눈을 마주치지 못 하고

음식이 담긴 그릇을 정리했다.

다음 날 상담을 가서

상담사 선생님과 가족상담을 했다.

상담사 선생님께서 나에 대한 느낌을 말해보라고 했고,

아빠는 상담사님에게 내가 부정적이라고 했다.

상담사 선생님이 이유를 묻자,

"노을이는 부정적이고 너무 완벽주의자예요.

그냥 대충 먹지, 뭘 방울토마토를 써야 돼?"

라고 말했다.

아니다. 나는 완벽주의자가 아니다.

그냥 에그 인 헬의 조리법에 대해 설명했을 뿐이다.

그럼 나는 에그 인 헬의 조리법에 대해

얘기도 못 하는가.

아빠는 나 자체를 싫어한다.

지금 시대가 어느 땐데 나는 나 자체로 살 수가 없을까.

나는 다시 태어나면 딸바보 아빠를 만나고 싶다.

우리 아빠에게 받을 수 없는 조건 없는 사랑을

듬뿍 듬뿍 받고 싶다.

#뭐가 아니꼬왔을까

혼자 밥 먹기 싫어서 가족을 찾아갔다.

식사를 치우는 자리에서 나는 말 했다.

"우리 가족상담 받고 있잖아.

가족 관계가 편안해졌으면 좋겠어.

가족과 편안해야 누구한테든 존중받는 사람이 될 수 있어."

그 말을 듣고 아빠는 얘기했다.

"이랬다가 저랬다가 맞출 수가 없네."

그 날 이후로, 아빠 앞에 서면 두통이 일어나고 숨 쉬기가 어려워졌다.

#착하지?

어느 날, 아빠가 내게 전화해서 말했다.

"우리 딸, 사랑한다."
"… …."
"너는 참 착해. 니 동생은 나 닮아서 욱하거든.
근데 너는 다 참지.
너는 나를 닮았어. 신발 벗는 것도 똑같아.
우리 딸, 너무 착해. 너는 착한 아이야."
순간 소름이 돋았다.

"착하다고 하지 마."
"왜~, 얼마나 착한데~!"
나는 착한 사람보다는
가족에게 그냥 나이고 싶어.
그 소리를 나는 차마 말하지 못 했다.

아빠는 내가 착한 딸이 되기를 소망하니까.
말하지 못한 말을 애써 마음 속으로 꾸깃꾸깃 삼켰다.

#그런 캐릭터

나는 어렸을 때 외할버지와 외할머니를 무척 좋아했다.

내가 "할멈, 할아범!"이라고 해도 야단치는 법이 없었고, 푸근했다.

오히려 어디서 할멈이라고 하느냐고 엄마에게 큰 소리로 야단을 맞았다.

나는 밝고 귀여운 장난꾸러기였다.

나를 사랑해주는 게 느껴지는

외가댁에 자주 가고 싶었다.

그러나 나는 그런 요구조차 할 수 없다.

아빠는 외가에는 거의 가지 않았고

늘 친가만 갔다. 정읍이라는 곳 꼴도 보기 싫다.

친가에 가면 친할머니는 늘 밥만 차려주고

우리한테 말 한 번 걸어줄 줄을 몰랐다.

맨날 자기 아프다는 얘기,

쓰잘데기 없는 소모성 얘기를 아빠한테

털어놓기 바빴다.

아빠는 그런 말도 안 되는 얘기를

다 들어주며 수긍해줬다.

그리고 지금 내게 저런 행동을 바라고 있다.

자신의 감정을 다 받아주고 들어주고

심지어 알아서 잘 해석해서

맞는 말을 골라 해야 하는

감정 쓰레기통으로 나를 전락시켰다.

그래서 나는 늘 마음이 편안하지 못 했고

나에게서 강제 효도자의 모습을 찾는

아빠라는 왜곡 그 자체를 증오하기 시작했다.

여기에 내 의견을 말하면 안 된다.

싫다, 좋다, 그러지 말아달라.

그런 말을 하려고 하면

윽박지르기 시작했다.

그의 눈은 살기가 넘치고 날카로웠다.

그 눈 속 어디에도 내가 없었다.

나는 그에게 나를 존중해달라고

제발 감옥에서 꺼내달라고

비좁다고, 숨 막히다고, 무섭다고!

비참해질 때까지 부탁했으나,

그는 나를 그런 '캐릭터'로 이미 삼아버렸다.

그와 있을 때면 내가 없어졌다.

아무리 정상적인 대화를 하려고 해도

결국 주인공은 그였다.

나는 그의 삶에 종속된 하나의 캐릭터였을 뿐이다.

#묵주의 저주

저녁을 먹고,

'가족은 내 눈 앞에 있는데

왜 우리는 가족이지 못 할까?'

를 생각하고 있는데 아빠가 다가와서

"이리와 봐."라고 했다.

나는 아빠를 따라 안방으로 걸어 들어갔다.

나는 아빠가 드디어 나한테 관심을 가져주는구나,

좋아하면서 들어갔는데,

아빠는 예쁘게 포장된 묵주를 내게 보여주었다.

그러면서 자랑했다. 자기한테 하나밖에 없는 묵주라고.

새로 생겼다고, 교회에서 얻었다고. 나에게만 자랑하기 시작했다.

나는 마음에도 없는 말을 늘어놓기 시작했다.

"아, 예쁘네. 신기하다. 아빠 좋겠다."

나는 나에게

'그게 무슨 소리야.

너는 그 말을 하고 싶은 거야?'

라고 물어보았다.

나는 아빠의 묵주에 대해 흥미가 전혀 없었다.

묵주 자랑을 늘어놓던 아빠는

내가 '온당한' 제스쳐를 취하자,

흡족하다는 듯 미소지었다.

아빠의 미소가 잔인하게 느껴졌다.

'넌 내 먹잇감이야.'

아빠의 목소리가 들리는 것 같았다.

나에게 그 묵주는 신성한 것이었을까?

아니면 그 묵주는 저주의 물건인걸까?

#살해의 위협

아빠는 자신만의 궤변에 푹 빠진 사람이었다.

그는 내가 무언가를 잘 하면 자기 덕분이었고,

내가 실수를 하면 내 탓을 하기 바빴다.

그는 내가 당신을 배려하는 것을 당연하게 생각했고,

그런 배려를 너무나 당연하게 여겼다.

그에게 자신의 아내는 볼모였다.

물론 엄마 스스로 볼모 역할을 자처했다.

2023년 11월 말 경, 나는 경찰을 불렀다.

아빠는 나의 집 위치를 알고 있었고,

본인 마음에 들게 행동하지 않으면 나를 해칠 수 있는 사람이었다.

나는 경찰의 도움을 받아 현관문 비밀번호를 바꾸었다.

문 앞은 침대로 막아버렸다.

살아야 한다, 살아야 한다.

그 때 내게는 그 한 가지의 생각만이 맴돌았다.

밤에 꿈을 꿨다.

아빠가 나를 패는 꿈이었다.

나는 허탈하게 웃고 있었는데,

아빠가 "웃어?"라는 말과 함께 나의 얼굴을 몽둥이로 때렸다.

그리고 나는 미소를 잃고 죽음에 이른다.

꼭 내 미래를 현실에서 미리 보는 것 같았다.

#책을 내기로 한 이유

최근에 엄마를 통해 아빠에게 전달했다.

그만하시라고.

아빠의 말들 직장생활 하는데 득이 안 된다고.

그러면서 지금까지 당해 온 모든 가스라이팅을 하나하나 다 얘기했다.

그러자 아빠는 난 그런 말 한 적 없는데?

라고 말 했다고 전해 들었다.

나는 절망으로 가득 찼다.

정말 죽으라는 뜻인가, 나보고?

이런 생각이 들었다.

수십 번 생각해도 이건 죽으라는 뜻이다.

나는 책을 한 번 내보기로 했다.

세상 사람들한테 알려 아빠를 말려보기로 했다.

그래도 내 아빠니까.

약간의 참고 정도는 하지 않을까.

그런 생각에서였다.

#엄마, 우리 좀 떨어져 있자

엄마가 갑자기 전화해서 같이 살자고 했다.

예전처럼 같이 살면 좋을 것 같다고.

부대끼면서 같이 살아보자고.

엄마도 사실은 피해자다.

어릴 적 아빠가 때려서 엄마의 고막이 찢겨져 나갔다.

엄마는 나를 보호해주지 못한 또 다른 피해자다.

그런데 엄마는 그 때의 상황을 아무렇지 않게 생각한다.

그래서, 나는 엄마를 통해 안전하다는 생각, 한 번도 들어본 적이 없다.

같이 살 때, 어릴 때, 지금조차도.

나는 거절의 의사를 밝혔다.

엄마, 나 살고 싶어.

나 언제나 살고 싶었어.

이제 나를 놔 줘.

나 엄마와 같은 피해자로 살고 싶지 않았어.

엄마, 우리 좀 떨어져 있자.

#엄마의 주먹

그 무렵, 엄마에게 자주 이야기했다.

아빠가 나한테 정서적 학대를 해.

엄마가 그러지 말라고 이야기라도 해 봐.

나 진짜 못 살겠어서 그래.

내가 이런 일 당할 이유가 없잖아?

학대에 대한 이야기를 꺼낼 때마다

엄마는 주먹으로 내 머리를 때렸다.

그러면서 늘 이런 말을 꺼냈다.

아빠가 나쁜 사람은 아니잖아.

내가 하는 이야기가 참 어이없다는 반응이었다.

삼십대 중반에 이르러서 엄마의 주먹에

머리를 맞는 심정이,

상상이 되는가?

엄마에게 나는 철 없고, 이상하고,

못 말리는 투덜이 자녀였다.

내가 아빠의 학대에 대해 간절히 하소연할 때마다,

나는 엄마에게 머리를 얻어맞았다.

엄마의 주먹이 내 머리를 강타할 때마다

내 마음속에는 수치심이 들었다.

죽고 싶어.

죽이고 싶어.

속으로 중얼거렸다.

내 마음속 본심이 나를 지배하려 했다.

#오늘 경찰이 왔다 갔다

세상을 떠나고 싶다는 나의 글을 보고

회사로 찾아오는 그들이 달갑지 않았다.

대책이랍시고 싸구려 대책만 내놓는 나이 든 경위 한 명과, 젊은 경찰 한 명.

그들은 내게 당신 자신을 사랑해봐라, 산책을 해라, 산도 가봐라, 따위의

진부한 대책만 늘어놓았고 나는 짜증이 나는 것을 견뎠다.

그냥 빨리 가주지, 회사 사람들 보는 곳에서

뭐 하는 거야?

전임님께 안 들킨 게 다행이다.

내가 나를 사랑해 줄 수 있었다면 진작 그렇게 했지.

못 그러니까 그런 거 아냐?

그들이 하는 얘기가 귀에 들어오지 않았다.

종종 시민을 위한 근로자는 이런 불필요한 얘기들을 늘어놓곤 한다.

짜증이 머리 꼭대기까지 치솟아도 끝까지 참아냈다.

나를 지키고 싶었던 게 아니라 자살 사건을 막고 싶었던 거겠지.

그들은 그렇게 내 앞에서 삼십 분쯤 떠들다가, 엄마에게 연락했다고 하고 갔다.

그 얘기를 듣고 등골이 오싹한 기분을 느꼈다.

나는 다시금 절망으로 온 몸이 휘어감기는 기분이었다.

엄마라니?

경찰.

나는 그들에게서 어떠한 도움도 받을 수 없었다.

#우동과 맞바꾼 세상

저는 우동을 좋아합니다.

휴게소 우동, 카모 우동, 카레 우동.

가리지 않고 다 좋아해요.

특히 카레 우동 맛집을 찾아다니는 것을 좋아한답니다.

천국에도 우동이 있을까요?

없을 것 같아요.

다시 태어난다면 우동이 없는 국가에서 태어날 수도 있겠죠.

새로운 세상은 어떤 세상일까요.

내 새로운 가족은…. 평범한 사람들일까요?

현재의 이야기

#안녕하세요?

이 책은 은밀한 가정폭력과 가족들의 무관심,
가정이 지지대 역할을 제대로 못 해줌으로써 한 개인이
느끼는 고립과 고통에 대해서 얘기하고 있습니다.
그로 인해 입은 피해, 마음 속의 설움, 고통의 순간들이 적나라하게,
때로는 덤덤하게 표현되었기를 바랍니다.

사실 저는 자전적 소설을 생각했습니다.
그러나 저의 인생에 대해서 오해를 하고 계신 분들이 있었고,
이 오해를 풀기 위한 방법으로는 덤덤하게 얘기하는 방식의 에세이가
전달하기 더 어울리는 방식이라는 생각이 들었습니다.
또한, 세상에 저와 같은 사람들도 은연중에 있을 거라고 생각해
저를 닮은 '우리'들을 돕기 위해 자전적 에세이를 쓰기로 결정했습니다.

보통의 가족은 가장 많이 연락하고
서로에 대해 매우 잘 알고 지내는 사이입니다.
내지는 아예 서로에 대해 알지도 못 하고 무관심한 사이이죠.
그런데 저희 가족은 복잡했습니다.
서로에 대해 알려고 하는데 알려고 하는 것 같지 않은,
이상하고 묘한 관계였어요. 왜 그랬냐고 물을수록
"우리는 최선을 다 했다. 우리는 너를 사랑한다." 하는 결과론적인 말만
반복적으로 나오고 결국엔 제 탓을 하는 부정적인 관계였습니다.
저는 이 관계가 저에게 해가 될 거라고 생각했습니다.
더 이상 저 자신을 무너뜨리고 싶지 않았어요.
그래서 처음에는 이 책을 내서 가족과 얘기를 해 봐야겠다,

그 다음에는 법정에 세워야겠다, 최소한 사랑한다면서 존중하지
않는 이상한 태도를 법으로라도 심판해서 바꿔야겠다,
이런 수순으로 제 생각이 바뀌어 갔습니다.

단순한 보통 가정의 모습을 예로 들어볼게요. 우리는 가족에게
나의 일상을 얘기하고 싶어 대부분 전화합니다. 응원도 받고 싶고,
농담도 주고받고 싶고, 비밀 얘기, 시시콜콜한 얘기 다 주거니 받거니
하고 싶다는 일반적인 생각으로 연락을 주고 받습니다.
그 속에서 감정의 교류가 일어나고,
안심과 안정을 느끼는 단계에 이르고 싶어합니다.
그래서 연락을 하는데 연락을 하는 그 횟수가 늘어날수록,
더욱 불편하게 느껴지는 가족 구성원이 있다면,
그리고 내가 통제당하는 것 같다면 그 사람은 가스라이팅을 하는
가스라이터일수도 있다는 것을 먼저 생각해 보시기 바랍니다.

그 사람이 정말 당신을 자녀로써 사랑할까요?

생각해 보세요.
사랑한다면서 이중적인 태도를 취합니다.
부모가 자녀를 이용하고, 헷갈리게 하고,
결국 자신의 감정을 의심하게 만듭니다.
이미 시작한 가스라이팅은 막을 수 없을 정도로 걷잡을 수 없이
그 규모가 커져 결국에는 그런 사이가 당연한 사이가 되고 말지요.
사실은 지금 글을 읽고 계신 저와 같은 분들은
이미 가족의 사랑한다는 말에 속아 본 경험이 있는
분들이기도 할 것입니다.

속아놓고서도 긴가민가 한 분들을 위해서 제가 드리는 말은,
사랑한다는 그들의 말이, 사실인지 아닌지,
구분할 수 있는 감을 우리는 언제나 가지고 있다는 것입니다.

스스로의 감을 믿으세요.
사랑한다고 하면서 지속적인 상처를 주고 있다면 그건 사랑이 아닙니다.
왜 그럴까, 어떤 이유에서 그럴까?
그런 걸 생각하는 순간에도 우리는 부모로부터,
가족으로부터 상처를 받고 있습니다.
직장 생활하랴, 공부하랴, 그 가운데서
우리는 언제나 사람들과 유대관계를 쌓고
그 관계에 집중하는 시간을 가집니다.

그럴 때 우리는 엄청난 집중력과 에너지를 씁니다.
그런데 가족간의 가스라이팅으로 집중이 흐트러지고 에너지가
분산되고 결국엔 그 모든 것에 쓸 힘이 없게 되면,
우리에게는 그 집중력과 에너지를 쓸 힘이 부족해져
결국 모든 것을 그만두고 싶다는 생각이 들게 됩니다.
그러면 하던 일이나 공부를 중단할 수밖에 없습니다.

이것은 제 경험에서 나오는 얘기입니다.
학생 시절엔 생각이 온통 가족에게 쏠려 공부에 집중 못 하던
나날들이 있었고, 그저 사연 많은 백수로 보였던 시절이 불과 몇 달 전입니다.

가족을 버리라는 게 아닙니다.

가족을 떠나라는 것입니다.

이 글을 보시는 독자분들 모두 스스로를
더 사랑할 수 있는 환경을 먼저 가지라는 뜻입니다.

가족에 대한 애정을 갖는 것은 이해합니다.
하지만 감정적으로 칼부림만 나는 가족이라면
가족은 일단 멀리하시고 자기 자신을 가족으로부터
보호해주시기 바랍니다.

비록 가족에게서 떨어져 사는 삶이
내가 바라왔던 삶이 아니었을지라도, 지금은 도망가야 합니다.
저처럼 힘들어하고 아파하는 분들을 위해 결론부터 말씀드리겠습니다.

가스라이팅 증거를 최대한 모으세요.
많은 국가들이 가스라이팅을 죄명이 붙은 범죄로 분류합니다.
하지만 대한민국은 가스라이팅을 처벌하는 죄명 자체가
존재하지 않습니다. 그나마 증거물이 최대한 많이 모아질수록
처벌이 가능하다고 알려져 있죠. 가스라이팅을 증명할 폭력적인
증거가 이미 포착됐다면, 폭력을 지속적으로 당해오셨다면,
소송을 거는 것을 더 이상 망설이지 마십시오.

저 또한 어렸을 때부터 지금까지 있었던 아빠의 무관심과 정서적 학대,
엄마의 방치와 폭력, 동생의 이기심, 언니의 폭력적인 방식의
소통 등과 무미건조한 환경을 제공하는 가족을 막을 방법이 없어
지켜보고만 있었습니다.
그래서 저도 소송을 준비했었습니다.
저의 고통을 간접적으로 느끼시고 사태를 정리하는 데 도움이 되시라고,
그 과정을 여기 이 책에 담았습니다.

#가스라이팅 방식 중 하나, 평탄화 작업

"엄마가 일하다 감기에 심하게 걸렸어. 너 때문에 밥 사준다고."

-내가 밥 사달라고 한 적 있어?

"아니."

-그럼 엄마가 왜 일을 무리한 거야?

"너 밥 사준다고."

-난 밥을 사달라고 한 적이 없는데.

"엄마도 집에만 있으니까 심심하다고."

-집에만 있으니 심심해서 일을 다시 시작했다는 거지?

"응."

-그럼 나 때문이 아닌 거네.

"그렇지."

-그럼 그렇게 말하면 안 돼.

"(욕)"

이것은 저와 아빠와의 통화 내용입니다.

보시면 아실테지만,

아빠는 저에게 죄책감이라는 감정을 심어주고 있습니다.

죄책감을 심어주는 것도 물론 가스라이팅입니다.

탓함으로써 상대방을 자신의 마음대로 움직이고자 하는

지배심리가 작용됩니다.

이 날, 아빠는 이랬습니다.

엄마가 너 때문에 무리하다 감기에 걸렸다,

너한테 밥 사주겠다고 하다가.

다짜고짜 제 탓을 했지요.

그 때 당시 저는 일방적인 소통을 하는 가족에게 지쳐

인연을 끊자고 선언한 상태였습니다.

즉, 다시 볼 사이가 아니었던 거죠.

그래서 엄마가 나한테 밥을 사주는 것은 이루어질 수 없는 일이었습니다.

우리 둘은 앞으로도 볼 사이가 아니었으니까요.

그런데 제가 다시 아빠한테 연락한 이유는, 가족과의 소통에

고통을 느껴 단절을 한 경험이, 사회생활 하는데에 있어서

낮은 자존감을 가져다주었기 때문입니다.

그래서 그로 인한 여러 어려움이 생겼고,

이대로는 일상적인 생활이 안 될 것 같아서였어요.

솔직하게 말하면 들어줄지도 모른다고 생각했습니다.

가족들에게 내가 마음이 아픈 이유를 말하고 싶었습니다.

그래서 가장 소통이 안 되는 아빠에게 전화를 걸었지요.

솔직하게 얘기하고 다시 가족과 소통하고 싶었습니다.

그런데 결과는 나빴습니다.

아빠의 가스라이팅에 저는 머리에 둔탁한 흉기를 맞은 것 같이 아찔했습니다.

대화를 차분하게 이어갔습니다.

일의 진위를 따져보고 싶었습니다.

엄마가 일을 다시 시작한 게 나 때문인가?

엄마 스스로 일을 하고 싶어서인가?

아빠를 공격하지 않고 아빠와 대화하고자 노력했습니다.

이 대화의 핵심은 상대를 자신과 같은 위치로 떨어뜨려서 자신보다

더 높은 위치로 올라가지 못하게 만들고 언제든 모욕주고 이용하기 쉽도록,

'평탄화 작업'을 하는 것입니다.

일을 하고 싶은 엄마의 생각은 엄마 스스로를 위한 의지였습니다.

심심하니 일도 하고, 돈도 벌고 싶다는 생각이라고 보입니다.

제가 원치도 않는 밥을 사달라고 요구한 적이 없는데,

그런 저에게 밥을 사주려다가 무리해서

감기에 걸렸다고 말하는 건 잘못되었다는 뜻입니다.

차분하게 진위 여부를 따지면서도 저는 당황스러웠고

당혹감을 감추지 못 했습니다.

성인 자녀인데 밥 몇 푼 한다고 그걸 사달라고 하겠나요?

솔직히 말씀드리자면 저 대화 자체가 쓸모없고 초라해지는 대화입니다.

배려하는 제 태도로 인해 제게 돌아온 것은 이러한 반응이었습니다.

아빠가 저에게 죄책감을 심어주고

평탄화 작업을 하는 것부터가 일단 학대인데요.

중요한 건 저한테 상처만 주고 있다는 것입니다.

첫 번째, 의견을 존중하는 태도의 결여. 두 번째, 탓 하기. 세 번째, 평탄화 작업을 통한 내면의 자아를 깎아내리기.

흔치는 않겠지만, 저와 같은 일을 겪으신 분들이 있으실 거라고 생각합니다.

이렇게 평등한 위치에서 자녀를 바라보는 부모님이 아닌,

깎아내리기를 통해서 '내가 너를 언제든 이렇게 대할 수 있어.'라는 것을

은연중에 심어주려는 무시무시한 속마음을 가지고 있는 부모라면,

이들의 속마음은 대접받으려는 마음으로 가득 차 있습니다.

그리고 은근한 가스라이팅으로 사람의 생활 자체를 멈추게 하는

이런 부모들이라면, 망설이지 마시고 친구든, 변호사든, 주변인에게

털어놓고 도움을 받아야 합니다.

사람은 감정을 털어놓지 못 하면 병에 걸립니다.

늦어질수록 저처럼 더더욱 힘들어집니다.

가족을 법정에 세우는 것은 슬픈 일이지만,

나를 존중해주기라도 해줬으면 하는 간절한 마음으로 그렇게 결정했습니다.

앞전에 제 감정의 흐름이 끊어지는 경험을 했다고 말씀드렸었지요.

사회생활을 하고 취미생활을 하는데 자꾸만 흐름이 끊어졌습니다.

세상은 자기 자신의 감정이나 생각을 솔직하게 표현하는 곳으로 바뀌었는데,

저 혼자 감정의 골 안에 멈춰있는 것 같았습니다.

평탄화 작업의 특징입니다. 자아의 성장과 가능성을 억제시킵니다.

저는 아빠의 수준 그 이상으로 생각할 수가 없는 것입니다.

저에게는 이런 과정이 한 번만 있었던 것이 아닙니다.

수두룩하게 겪어 봤습니다.

비슷한 패턴의 학대의 말이 오가고 깎아내림을 당하고 트집 잡히게 되면,

상대방은 정신적으로 붕 뜨는 기분이 들고 극심한 우울증을 겪게 됩니다.

모든 것이 끝난 이후에도 가정폭력의 상처는 오래 갑니다.

때리고 상처내는 직접적인 폭력은 물론이고, 특히 감정의 조종,

감정의 억압을 당했던 기억은 평생 남아 자기 자신의 원초적인 모습을

되찾기가 힘듭니다.

대화가 더 이상 되지 않는 상황에서 계속 정서적 폭행을 당한다면

자신을 보호할 무언가가 절실해집니다. 아시겠지만 그게 바로 법입니다.

증거의 미흡함으로 소송 자체를 진행하지 못 하는 경우도 있고,

판사의 판단에 따라 피해자가 억울하게 패소하는 경우도 있습니다.

하지만 잊지 마세요.

한 번 법의 심판을 받은 사람은 앞으로의

행동을 조심하게 되는 경향이 있습니다.

#우리는 가족 간의 소송을 맡지 않습니다

로펌으로부터 연락이 왔습니다.

제가 상담을 예약한 날이 금요일입니다.

상담 날짜를 앞두고 화요일 날 연락이 왔습니다.

저는 가족 소송을 준비하고 있다고 예약 당시에 미리 말씀드려 놓았습니다.

그런데 전화를 하신 분이 대뜸 이런 말씀을 하셨습니다.

"우리는 가족 간의 소송을 맡지는 않습니다."

사실 증거가 너무 미흡해서 상담에

어려움이 있을 거라는 생각은 했습니다. 그러나 가족 간의 소송을 아예

맡지 않는다는 말씀에 심리적으로 좀 복잡했습니다. 왜냐하면 저는

상담에 필요한 최소한의 증빙자료인 상담사의 소견서를

갖고 있었기 때문입니다.

그 이후 다른 곳에도 전화해 봤지만

마땅히 도와주는 곳이 없었습니다.

일단 저는 가족 소송에 필요한

모든 계획을 잠시 중단하기로 합니다.

#심리검사 MMPI - 가족역동검사

가족구성원 모두가 참여 할 수 있는,

서로의 관계에 대한 심리 상태가 파악 가능한 심리검사지가 있습니다.

바로 MMPI(가족역동검사) 입니다.

폭력을 당하고 계신 여러분들, 가족역동검사를 통해서 의사 소견서나

심리센터 상담사의 소견서를 뗄 수가 있습니다.

이것으로 폭력을 입증하는 데 약간의 도움이 되실 것입니다.

저는 한 번 더 아빠에게 기회를 드리기로 했습니다.

우선 아빠의 '비정상적인 긍정회로' 를 멈추는 게 우선이었습니다.

보통의 사람들은, 부정적인 것도 자연스럽게 받아들일 줄 알고,

긍정적인 것 역시 자연스럽게 받아들이면서 사고하고 그 안에서 회복되는

경험을 하지요.

사람들은 그렇게 사고하는데,

심리검사 MMPI - 가족역동검사를 통해 본 엄마와 아빠의 심리는

나타났습니다. 또한 내담자의 예민한 기질적 특성은 사회적인 상황에서 쉽게 위축감을 느끼며(RCd=72), 그에 대한 반추적 사고, 예언적 사고와 혼란(NEGE=65, PSYC=72, RC8=78) 그로 인한 과도한 부정적 정서 경험(RC7=71)을 반복 경험하고 있는 것으로 나타났습니다.

심리 검사 결과를 살펴볼 때 내담자의 심리적 어려움은 앞서 언급한 바와 같이 사회적 상황에서 적응하는데 극도로 힘겨운 상황이었을 것으로 사료되어, 안전한 대상, 가족의 도움이 필요한 절박한 상황으로 보입니다..

위와 같은 내담자의 심리적 어려움과 고통의 원인을 살펴보면 내담자는 어린 시절 가부장적이고 보수적인 환경에서 성장했으며, 예민한 기질로 인해 평소 긴장감, 불안이 높았을 것으로 추정됩니다. 기질적 특성으로 인한 긴장감은 학업 장면에서도 지속되었을 것으로 예상되나 이러한 정서적 어려움을 함께할 대상은 부재했던 것으로 *보입니다 ("내가 어렸을 때는 외롭고, 무서웠고, 불행했다.").*

부모님은 절대적인 규범, 옳음이 강하고 긍정적인 것을 과도하게 추구하여 부정적인 것을 외면, 왜곡하는 사고 특성을 보이는데*(아버지 검사 반응 : 현재 가족 내부에서의 어려움이 있는 순간에도 "나의 가정은 화목하다고 느낀다.", "나만의 두려움은 없다." "나의 앞날은 무지개가 뜬다")* 이러한 부모의 정서 처리 과정, 패턴은 자녀가 경험하는 정서적 어려움을 함께 해주지 못하고 자녀로 하여금 자신의 감정 경험에 대한 혼란, 거절, 부인되는 상황이 반복 경험하였을 것으로 보입니다*(내담자 검사 반응 : "우리 가족이 나에 대해서 병신 취급할 때").* 또한 내담자의 부모님은 지나치게 구분된 선/악, 긍정/부정, 옳음/그름의 이분화 된 사고 패턴은 내담자로 하여금

심리소견서

'부모님은 절대적인 규범, 옳음이 강하고 긍정적인 것을 과도하게 추구하여 부정적인 것을 외면, 왜곡하는 사고 특성을 보이는데 이러한 부모의 정서 처리 과정, 패턴은 자녀가 경험하는 정서적 어려움을 함께 해주지 못 하고 자녀로 하여금 자신의 감정 경험에 대한 혼란, 거절, 부인되는 상황을 반복 경험하였을 것으로 보입니다.' 라고 명시되어 있었습니다.

이를 통해 부모님의 사고가 얼마나 일반적이지 못한 사고인지

저는 알 수 있었고, 그와 수반되는 정서적 차이로 인한 저의 무력, 결핍,

감정을 자연스럽게 받아들이지 못하게 되는 상태 등이

충분히 설명되고 있다고 생각합니다. 다음 내용도 기재해 보겠습니다.

'심리 검사 결과를 살펴볼 때 내담자의 심리적 어려움은 앞서 언급한 바와 같이

사회적 상황에서 적응하는데 극도로 힘겨운 상황이었을 것으로 사료되어, 안전

한 대상, 가족의 도움이 필요한 절박한 상황으로 보입니다.'

'또한 부모님의 성취에 대한 높은 기대(아버지 검사 반응 : '나의 야망은 세계적인 리더

자', '나는 무엇이든 할 수 있다.', '성공한 삶으로 멋지게 남고 싶다')에 대한 기대가 있는 것

으로 나타났습니다. 그러한 아버지의 기대는 내담자로 하여금 형제간 위축감, 가

족 내 소외감으로 경험되었을 것으로 보입니다.'

'현재 내담자는 사회적으로 잘 기능하는 사람으로 성실히 살아가고자 하는 열

망이 높은 것으로 보입니다. 그러나 순간순간 부모님과의 관계 경험에서 어려웠

던 해소되지 않은 감정으로 인해 환경 적응이 어렵고'

'나아가 가족 내 소통 패턴의 변화, 표면적인 대화 이면의 언어를 서로 이해할 수

있는 인격적, 비판단적 대화가 필요할 것으로 보입니다. 이를 위해 내담자는 지

속적이고 장기적인 상담 및 심리치료, 치유의 시간을 통해 사회적인 상황에서의

어려움을 해소하고 안정적인 적응을 할 수 있도록 돕는 것이 필요할 것으로 사

료됩니다.'

이러한 내용들이 소견서에 기재되어 있었습니다.

내담자는 "가족관계가 다정했으면 하는데 무미 건조하고 다소 아빠 중심으로 돌아가는 것, 고집스러운 면이 힘들어요. 가족관계가 따뜻하고 편안하게 바뀌었으면 좋겠어요."라는 가족과의 관계, 소통의 어려움을 호소하며 센터를 방문하였습니다.

내담자 주 호소의 원인을 규명하고 해결 방안을 모색하기 위해 심리검사(MMPI-2, SCT, TCI, 가족역동검사)를 진행하였습니다.

심리검사 결과 내담자는 생물학적으로 예민한 기질적 특성(F=67, 78, Mf=34,, RD1=14, HA1=15)이 있는 것으로 나타났으며, 그로 인한 피로도 또한 타인에 비해 높은 것으로 나타났으며(HA4=16) 혼자의 힘으로 해결하기 어려워 외부의 도움이 필요한 상태(FBS=83)로 보고되었습니다.

내담자가 경험하고 있는 주요 어려움을 자세히 살펴보면 예민함에 기인한 paranoid (pa=101), 극심한 불안(pt=78), 억압의 만성화로 인한 신체화(Hs=72)와 정서적 불편감을 적절히 해소하지 못해 심리적 신체적인 불균형 상태가 반복되고 적응적인 방식으로 표출되고 해소되지 못하고 있어 생겨나는 짜증, 민감성, 우울(Hy=66, D=66)을 경험하고 있는 것으로

심리소견서

두 번째 소견 내용입니다.

'내담자는 "가족관계가 다정했으면 하는데 무미건조하고

다소 아빠 중심으로 돌아가는 것, 고집스러운 면이 힘들어요.

가족관계가 따뜻하고 편안하게 바뀌었으면 좋겠어요."라는

가족과의 관계, 소통의 어려움을 호소하며 센터를 방문하였습니다.

내담자 주 호소의 원인을 규명하고 해결 방안을 모색하기 위해

심리검사(MMPI-2, SCT, TCI, 가족역동검사)를 진행하였습니다.

내담자가 경험하고 있는 주요 어려움을 자세히 살펴보면

예민함에 기인한 paranoid, 극심한 불안, 억압의 만성화로 인한

신체화(Hs=72)와 정서적 불편감을 적절히 해소하지 못해

심리적 신체적인 불균형 상태가 번복되고 적응적인 방식으로 표출되고

해소되지 못하고 있어 생겨나는 짜증, 민감성, 우울을 경험하고 있는 것으로

나타났습니다.'

'심리 검사 결과를 살펴볼 때 내담자의 심리적 어려움과

고통의 원인을 살펴보면 내담자는 어린 시절 가부장적이고

보수적인 환경에서 성장했으며, 예민한 기질로 인해 평소 긴장감,

불안이 높았을 것으로 추정됩니다.

기질적 특성으로 인한 긴장감은 학업 장면에서도

지속되었을 것으로 예상되나 이러한 정서적 어려움을 함께할 대상은

부재했던 것으로 보입니다. ("내가 어렸을 때는 외롭고, 무서웠고, 불행했다.")'

여기서 내담자는 저이고,

대체로 저를 중심으로 쓴 상담 내용이었습니다.

그 결과 현재 내담자가 사회적 상황에서 비슷한 자극으로 지각되는 순간에는 어려운 감정, 위축감, 불안과 분노가 증폭되며 이에 대한 긴장감을 인내하며 적응하는 데의 어려움 또한 컸을 것으로 보입니다..

　　또한 부모님의 성취에 대한 높은 기대(*아버지 검사 반응 : "나의 야망은 세계적인 리더자", "나는 무엇이든 할 수 있다.", "성공한 삶으로 멋지게 남고 싶다"*), 학업("*어렸을 때 좀 더 적극적으로 공부하지 않은 것이 후회된다.*")에 대한 기대가 있는 것으로 나타났습니다. 그러한 아버지의 기대는 내담자로 하여금 형제간 위축감, 가족 내 소외감으로 경험되었을 것으로 보입니다.

　　현재 내담자는 사회적으로 잘 기능하는 사람으로 성실히 살아가고자 하는 열망이 높은 것으로 보입니다. 그러나 순간순간 부모님과의 관계 경험에서 어려웠던 해소되지 않은 감정으로 인해 환경 적응이 어렵고 관계에의 어려움이 큰 것으로 보입니다.

　　그러나 내담자는 이를 해소하고자 하는 열망을 갖고 있으며, 가족과의 관계에서 새로운 경험을 통해 과거 경험으로부터 벗어나고 싶은 간절함이 있는 것으로 보입니다.

　　내담자의 건강한 사회 및 환경 적응, 심리적 안정을 위해서는 과거 경험으로 인해 민감하게 지각될 수 있는 자신만의 경험 인식에 대한 자각을 향상시킬 수 있는 것과 더불어 안전한 지지 대상으로부터 수용 경험을 함으로써 치유적 관계 경험을 하는 것이 필요할 것으로 보입니다.

심리소견서

내담자(저)에게 부모님이 존재하나,

그 관계에서 부모님의 자리에 부모님의 역할을 해주는 이가 없는 상태,

즉 부모님의 부재에 대해 쓴 내용이 많았습니다.

또한 글에서는 부모님과의 부정적인 경험으로 인해 사회생활의

어려움을 호소한다고 적혀있는데, 실제로 저는 사회생활을 할 때마다

부모와의 사이에서 겪은 것과 비슷한 느낌의 문제들이 발생하면,

이를 극복하고 해결해 나가는 데 상당히 곤란한 경험을 가진 경우가 많았습니다.

아마 상담사님께서는 이 부분을 증명해 주신 것 같았습니다.

'내담자의 건강한 사회 및 환경 적응, 심리적 안정을 위해서는

과거 경험으로 인해 민감하게 지각될 수 있는 자신만의 경험 인식에 대한

자각을 향상시킬 수 있는 것과 더불어 안전한 지지 대상으로부터

수용 경험을 함으로써 치유적 관계 경험을 하는 것이 필요할 것으로 보입니다.'

그러나 저는 이 소견서를 아빠에게 전달할 수 없었습니다.

저에겐 그 사람을 만나는 것이

너무나 마음 아프고 어려운 일이기 때문이었습니다.

그리고 이미 제 말을 듣지 않는 아빠의 입장을 생각하자니,

상담사의 소견서를 전달해봤자 아무 의미 없을 거라는 생각이 먼저 들었습니다.

이 때 제 머릿속을 언뜻 스치는 섬광 같은 깨달음이 있었습니다.

가족을 계속 인지하고 내 인생을 살아간다면,

'내가 내 감정표현을 억제 당한 채 계속 이대로 살게 되는 것 아닐까?'

하는 데자뷰. 이것만은 더 이상 허락할 수 없었습니다.

아빠를 바꾸고 싶다면 아빠의 방식에 맞게 강하게 치고 나가야만 합니다.

이 결심이 선 순간부터 이제 가정은 제게 더 이상 안전한 장소가 아니었습니다.

저는 가족들의 집을 떠나 원래 살던 제 집으로 돌아왔습니다.

어쩌면 이 상담사의 소견서는 가족들은 이해하지 못할
종이 쪼가리에 불과한 물건입니다.

그래도 저는 마지막까지 최선을 다해 노력했고,
이 노력을 통해 가족들이 지나간 과거에 대한 상처를 인정해주고,
저를 존중과 이해의 시선으로 바라봐주기를 바랐습니다.

#문장완성검사

문장완성검사를 마친 우리.

상담사 선생님으로부터 문장완성검사의 내용과 결과를 전해 들었습니다.

부모님의 문장완성검사를 본 상담사 선생님은,

"부모님들이 많이 드라이하세요. 많이 힘들었겠어요."

라고 말씀해 주었습니다.

그리고 그 중에서 저와 갈등이 가장 심한 사람,

바로 아빠의 문장완성검사 내용을 얘기해 주었는데요.

어떤 문장은, "남자에 대해서 어떻게 생각하는가."

와 비슷한 내용이었고 그에 대한 아빠의 답변이 달려있었습니다.

놀라지 마세요. 가히 충격적입니다.

아빠는, 질문에 대한 답에 이렇게 적었습니다.

"남자는 수컷이다. 남자는 다 똑같다. 남자는 성공해야

비로소 인정받을 수 있다. 여자는 남자를 돕는 도구."

마치 세상의 모든 남자는 이럴 것이다, 라고 생각한 것 마냥,

남자에 대한 이분법적인 사고방식을 가득 담은 마초적인 답변이었습니다.

먼저 저는 세상 모든 남성분들에게 미안하다고 말씀 먼저 드리고 싶습니다.

남성분들이 어떻게 모두 똑같겠어요.

마초 아닌 분들도 많고, 세대 간의 차이를 공감해주는 분들도 많아요.

여자들을 존중하고 배려해주는 신사, 다정하고 여성스러운 분,

섬세한 사람, 예민한 사람, 이상주의자, 장난을 좋아하고

소통을 좋아하는 남성분들도 있을 거예요.

그런데 아빠는 남자의 모든 것을 '수컷'이라는 단어 하나로만 정의했습니다.

그리고 엄마 역시, 본인의 어렸던 시절에 할아버지,

할머니 때문에 초등학교까지만 다닐 수 있었으나,

엄마의 동생과 오빠들인 삼촌들은 대학교 졸업장까지 따고 연구원으로

근무한 것에 대해서 부러웠다던가 동경했다던가 열등감이 느껴졌다,

등과 같은 감정, 즉 사람으로써 가질 수 있는 당연한 감정이

아예 없었다고 문장완성검사지를 통한 상담사의 분석에 나와 있었습니다.

엄마가 어릴 때 자신의 형제들에게 열등감을 느낄 법도 한데,

그것을 느끼지 못하는 엄마의 모습이 이상하다고 말하는 상담사의

모습을 보고 있자니, 앞길이 구만리 같이 느껴져서

저는 '가족상담을 계속 해야 하나?'라는 고민에 빠지게 되었습니다.

저는 이제 더 이상 지치고 싶지 않았어요.

그래서 희망 회로의 가동을 중단하기로 합니다.

대신 가족을 상대로 전쟁을 선포했습니다.

(개개인의 문제로 문장완성검사 결과지 내용을 올릴 수 없음을 양해 부탁드립니다.)

#전쟁의 시작

저는 책이 완성되는대로 서울 관악구 봉천동에 위치한,

본인은 연구소라고 과대망상 하지만 사실은 다단계 사무실인 그 곳에

소포를 보내기로 마음 먹었습니다.

이미 갈 데까지 간 우리 둘 사이에

그런 것쯤은 아무것도 아니었습니다.

수많은 사람들이 들락날락하는 그 사무실에 소포를 보내고,

아빠의 명예욕을 떨어뜨림으로써 빚어지는 모든 일들은 제 책임입니다.

이렇게,

아빠와 저 사이의 전쟁의 서막이 시작되었습니다.

한편으론 아빠가 저를 이해해주기를 바라는 마음 뿐입니다.

대한민국의 모든 백수들을 위하여

#해동용궁사를 찾다

2023년 12월 말,

저는 연말이나 연초에 해동용궁사를 찾아가기로 마음 먹었습니다.

그 때 당시는 자전적 에세이를 집필할 마음이 없었기 때문에,

그저 순수하게 바닷가 근처 절에 가서 백수이신 분들의 고초를

풀어드리고자 소원종이를 적어 걸어 드려야겠다,

라는 막연한 생각으로 방문하고자 했었습니다.

저도 무직자로 지내야만 했던 시절이 있었고,

중간중간 일을 쉬어야만 했던 그 기간을 얼마나 힘들게 보냈는지

기억하고 있기 때문에 이런 생각을 하게 되었습니다.

백수 시절의 가장 힘든 부분이 경제적인 어려움이고,

그 다음 힘든 부분이 자신에게 느껴지는 자책감임을 잘 알기 때문입니다.

그래서 지금 백수 시절을 보내고 있는 모든 분들의 합격을 기원해 드리고자

김해 공항을 향한 비행기 표를 구매하게 됩니다.

흐린 날이었습니다.

해동용궁사에는 사람들과 소원을 비는 열기로 가득했습니다.

어떤 분들은 석가모니에게 기도를 하고 있었고,

또 어떤 분들은 소원종이 적는 것에 열을 올리고 있었지요.

저는 느낄 수 있었습니다.

소원이 가볍든,

무겁든,

모두가 즐기고 있었어요.

저는 그 온도가 좋았습니다.

종이, 초, 연등, 인사. 수많은 방식으로

올라간 소원들이 언젠가 사람들에게 그대로 내려오길 바랐습니다.

저 역시 소원종이를 걸고 이 나라의 백수분들과 저를 위해 빌었습니다.

돈 걱정 안 하게 해달라고.

가장 인간 본질의 마음을 소원으로 빌었습니다.

그리고, 몇 달이 지나 이 날 촬영한 해동용궁사 풍경을

작가님에게 부탁드려 일러스트로 만들게 되었고,

일러스트는 제 책의 표지로 탄생했습니다.

#같이 일해주서서 감사합니다

저는 2024년 1월 10일 계약만료로 퇴사했고,

이후 약 2~3주 기간 동안 재취업을 준비해 1월 29일에 입사하였습니다.

저는 전화상담원 업무를 했던 경험을 살려,

전화설문조사원으로 취업하였답니다.

때는 전화설문조사원 근무자들이 매우 바쁜 시기인 2월달이었습니다.

어느 날이었습니다.

오랜만에 야근으로 고생하느라 목은 아프고, 성과는 안 나오고,

정말 심신이 다 지치는 그런 날이었어요.

그런 저에게, 옆에서 근무하시는 오래 일한 근무자 언니분께서

텐텐과 사탕을 건네며 말씀하시더군요.

"목소리를 조금 작게 말해요. 안 그러면 너무 (목이) 아프잖아.

그리고 그걸 누가 다 읽어요. 옆에 분들 하는 거 봐요,

듣는 사람도 힘들잖아요." 라면서 일하는 요령을 조곤조곤 웃으면서

친절하게 설명해 주시는데, 순간 고마워서 투정을 좀 부렸습니다.

"죽겠어요." 라고요. 그리고 고맙다고 말씀드렸지요.

텐텐은 아이들만 먹는 건 줄 알았는데, 오 이런. 너무 맛있는 거예요.

그 츄잉껌 비슷한 식감의 음식을 야곰야곰 씹으며,

기운을 차리고 늦은 밤까지 야근을 했습니다.

중간중간 설문조사원들끼리의 수다가 들렸지요. 뭐라고 하셨냐구요?

"자취하는 애들 불쌍해. 설날에도 라면이나 먹고." 하시더라구요.

저도 자취를 하는 약간 늙은 삼십 대 청년인데,

그 말씀을 들으니 요새도 젊은 사람들 걱정해주시는 분들이 있구나

싶어서 가만히 미소지어 보였습니다.

속으로 웃으면서 중얼거렸지요.

그 자취생이 바로 저예요, 하하하.

그렇게 열심히 전화로 목청을 불태우고도 그 날의 성과는 좋지 못 했어서

덕분에 다음날의 출근은 금지당했지만, 저는 아줌마들의 그 말들로

기운을 얻어 다음날의 다음날, 높은 성과를 이루어 냈습니다.

정말 감사한 일이었죠.

우리의 사무실 공기 속에서, 우리끼리 뭉쳐져서 각자 일하고 있었습니다.

그렇지만 서로가 서로의 영업 성과가 높기를 기대하고 있고,

바라고 있고, 서로 응원하고 있다는 점이 생각납니다.

저를 응원해주시고 일하는 요령을 알려주신 분도, 그 분과 이야기를

나누시던 다른 분도, 젊은 친구들의 식사를 걱정하는 다른 분도 모두,

공동체 속에서 어떤 힘을 얻어 다음 전화에 응대하는 모습이 인상 깊었습니다.

전화 업무는 아시겠지만 욕받이 업무입니다. 물론 상담에 응해주시는

분들 중에서 좋은 분들도 많습니다만, 욕과 비난이 많은 업무이기도 합니다.

그래도 충분히 잘 할 수 있을 것 같았어요. 같은 사무실 내 공기는

치열했지만 일정했거든요.

고맙습니다. 같이 해주셔서 감사합니다.

#인생은 어떻게든 굴러간다

저는 가까이 다가서면 찔리고 멀어지면 괜찮아지는 가족을 가지고 있었죠.

그 사실이 매우 참혹하게 다가왔습니다.

그런 가족을 상대로 "소송을 걸어야겠다." 까지

생각하다니 속상하기 이를 데 없었습니다.

저와 같이 가족으로부터 참혹함을 느끼며 몸부림치는 분들이 없다고는

말 못하겠어요. 저는 어쩌면 일반적인 사람들보다 가족 간에 문제가 있는

분들이, 우리 일상 속의 비둘기만큼이나 많지 않을까 하는 생각이 듭니다.

저는 이제 가족관계를 유지하고 있지 않습니다.

이제 전 혼자입니다.

한편으로 이제 모든 트라우마에서 벗어날 수 있는 기회가 코 앞까지

다가왔다는 것을 알고 있었고, 자유롭게 살 수 있다는 것을 저는 예감했습니다.

가정폭력을 당한 분들은 위로의 말을 듣기보다는

오해의 말을 듣고 사시기도 합니다.

말수가 적다, 왜 가족과의 이야기를 안 하느냐,

왜 가끔씩 멍을 때리느냐, 성격이 좀 특이하다.

네, 그렇죠. 다른 사람들의 입장에서는

그렇게 생각이 되셨을 수도 있었겠습니다.

남들의 생각까지 막을 수는 없습니다.

단지 가정 불화에 대해서 가끔 멍을 때리며 생각할 시간이 필요합니다.

일터에서는 일에 집중하면서도,

나 혼자 있을 때만큼은 가족에 대해 정립하고,

그 관계 속에서 살아갈 나에 대해 혼자 생각할 시간이요.

중요한 부분은, 우리가 백수이건 아니건 가정의 문제를 안고 살았건 아니건,

우리의 주체적인 삶을 살아가면서 행복하게 살 이유는 충분하다는 사실입니다.

사람들 사이에서 유대감을 갖고 규칙적으로 생활하는 것이 행복하게 느껴지

신다면 된다는 것입니다.

인생은 어떻게든 굴러갈 겁니다.

만약에 여러분이 지금 백수이고, 일자리가 필요하다면,

택배든, 상하차든, 생산직 업무이든, 신문배달이든, 백화점 아르바이트든,

카페 일이든, 다 해보면서 정신적 고통을 잊어보세요.

취직이 안 되면 될 때까지 뭐라도 해보고 또 발버둥 쳐 보세요.

우린 돈이 필요합니다.

만약에 저와 사정이 비슷하시다면, 여러분은 공감하실 것입니다.

경제적으로 언제든 어려워질 수 있는 처지예요. 남들처럼 가족의 응원을

바랄 수도, 돈을 달라고 요구할 수도 없지요.

정확히 말을 하자면 '어려움을 함께 나눌 수 있는 가족'이 없어요!

취직이 아직 안 되신 여러분에게 필요한 건 일이에요.

일용직이든 생산직이든, 몸 아끼지 말고 도전해 보세요.

여러분은 무슨 일이든 할 수 있고, 그 안에서 사람으로 인해

에너지를 얻을 수 있어요. 그리고 함께 하면서 서로 "파이팅!" 을

외치는 공동체 의식도 느낄 수 있죠.

여러분이 어떤 일을 하든, 아직 아르바이트나 하고 있든, 다 괜찮아요.

시간이 흐르면서 우리는 누군가와 같이 운명을 하게 될 겁니다.

그게 회사 사람들이라면 더 없이 좋고,

취미 활동을 같이 하는 모임 안에서라면 더욱 더 좋죠.

물론 혼자서 일할 수도 있겠구요. 너무 멀게만 느끼지 마세요.

지금 끼지 못하더라도 언젠가 다시 사람들 사이에 껴서,

또는 자신의 영역 안에서,

무엇인가를 하고 있는 자신을 발견할 수 있을 거예요.

그 때가 머지 않아 올 거라 생각합니다.

저는 지금의 이 행복을 놓치지 않기 위해 앞으로도 매일 노력할 것입니다.

여러분들도 삶의 행복 놓치지 마세요.

어려운 시간도 금방 지나갈 겁니다.

금방 지나가지 않는다면 또 어때요.

그 안에서 온전히 나다울 수 있다면

그게 행복이라고 저는 생각합니다.

나를 지키기 위한 싸움

#변호사님과의 첫 만남

2024년 2월 28일.

드디어 변호사님과의 상담에서 긍정적인 희망의 빛 한 줄기를 보게 되었습니다.

시작은 가정폭력 가스라이팅에 대해 법률적인 자문을 구한다는

저의 지식인 질문글에, 한 변호사가 학대 사건으로 기소가

가능할 수 있다고 답글을 달면서 소통이 이뤄졌습니다.

저는 정해진 예약 시간에 전화로 상담받았고, 여기 상담 내용을 남깁니다.

"네, 여보세요?"

"네, 안녕하세요."

"네. 안녕하세요, 범죄 변호사입니다. 통화 가능하세요?"

"네."

"아동학대 관련인데, 공소시효 문제 때문에.

그 때 있었던 일이, 몇 살 때 일이예요?"

"사실 아동학대는 아니예요. 제가 성인이기 때문에."

"네네, 그러니까 성인일 때 맞은 거예요?"

"네. 스무살 정도일 때 맞았는데, 그게 벌써 십 오륙년 정도 됐고."

"아, 십 오륙년? 그럼 지금 한 서른 다섯인 거고요?"

"네, 서른 여섯입니다."

"스무살에 맞았고, 그 이후론 맞은 적이 없으세요?"

"네, 맞은 적은 없는데 가스라이팅은 지속적으로 당해 왔고요."

"언제까지?"

"최근까지. 만나기만 하면 가스라이팅 해요."

"음. 그 가스라이팅이 어떤 내용인지 알 수 있을까요?"

"뭐, 예를 들어서, 제가 가족들이랑 관계가 안 좋아서 상담센터를 통해서

가족상담을 여러 번 했어요. 근데 제가 어느 날 에그 인 헬이라는

요리를 했고, 이제, 에그 인 헬에 토마토가 들어가니까.

제가 토마토를 생토마토를 안 쓰고 방울토마토를 해야

사실 더 맞는 거다, 뭐 이런 식으로 얘기를 하면."

"네네."

"가족 상담할 때, 상담사가 아빠한테 그,

노을이의 모습이 어떻게 느껴지느냐 물었어요.

그랬더니 아빠가 '부정적이예요.' 그러더라구요."

"네네."

"그래서 따로 아빠랑 상담사, 단 둘이서 개인상담을 또 이어서 했는데,

상담사가 왜 노을이가 부정적이예요, 물어보니까 '아, 그냥 대충 먹지.

뭘 생토마토니 방울토마토니 그런 걸 구별을 해요.' 그랬대요."

"음."

"그래서 상담사의 소견서를 지금 갖고 있는데, 부모님이 부모님의

역할을 제대로 한 번도 해준 적이 없고, 이제 부모님은 성격이 굉장히

드라이해서 다른 일반적인 가정이랑 많이 다른, 좀 비정상적인 부모다.

뭐 이런 게 적혀있는 소견서를 갖고는 있습니다, 제가."

"음. 그래서 일단 폭행같은 경우는 스무살이어서

5년 뒤여서 공소시효는 된 것 같고요."

"네."

"나머지 같은 경우는 아동학대가 아니라, 그냥 정신적 학대여서.

이게 형사 고소는 되지 않거든요. 아동학대만 돼요."

"정신적, 가스라이팅은 아무래도 어려운가요?"

"네, 네네. 폭행이나 이런걸로 인정이 되진 않고, 다만, 뭐랄까.

민사손해배상 정도는 가능하실 수 있을 것 같아요."

"그, 민사손해배상이라는 게 어떤 걸까요?"

"그러니까 정신적인 피해 보상. 위자료?"

"아, 그런 걸 진행할 수 있을까요?"

"어, 그거는 가능할 수도 있을 것 같아요. 근데, 제가 말하는거는

변호사를 선임하게 되면 기본 사백사십 만원인데, 이게 만약에 인용되는

액수 자체가 백만원 미만으로 나올 것 같아서, 그게 문제가 되는 것 같아요."

"아, 그러면, 사백사십 만원을 드리고, 백만원이 안 되는 돈을 손해배상으로 받

을 수 있다는 말씀이신가요?"

"그렇죠. 네. 그것 때문에."

"아. 사실 돈이 얼마 들어도 상관없는 게,

제가 아버지의 그 가스라이팅과 어머니의 방치 때문에 인생이 많이 망가져서,

제대로 된 취업도 못 하고, 친구도 제대로 못 사귀고,

해외여행도 한 번도 못 가보고, 이 나이 먹도록 쓰레기처럼 살다가."

"이제 벗어나야겠다고 생각해서 사실 백만원 못 되는 돈 받아도 돼요.

무조건 법정에서 승소만 할 수 있으면 돼요."

"음. 그, 정신적 피해보상 인정이라는 단어만 나오면 된다는 거죠?"

"네. 맞습니다."

"그거는 지금 상황을 봐야겠지만 가능할 것 같긴 해요."

"네. 다른 가스라이팅도 많으니까."

"네, 지속적으로 했다는 게 뭐 녹음이나 이런 게 되어 있어요?"

"아, 죄송하지만 녹음은 안 되어 있습니다."

"선생님 진술밖에 없는 거예요?"

"네, 제 진술과." "소견서?"

"책 출간을 준비하고 있는데, 책 내용에 다 써 있어요."

"음. 그러면 그거를 가지고 소장, 소제기를 한번 해보실 순 있을 것 같아요."

"아. 네. 그러고 싶습니다."

"그러면 지금 직장이 있으신 거예요?"

"아, 일용직이예요."

"왜냐면 부모님 때문에, 이제 좀. 당하셨다고 하니까."

"네."

"이거는 정신적 손해배상 청구로 가야 될 것 같아요, 선생님."

"네, 알겠습니다. 그렇게 하겠습니다."

"그럼 변호사 선임을 하실 생각이신 거예요? 아니면 문의만 하실 건가요?"

"변호사 선임도 해서 아예, 법정 승소까지 가려고 해요."

"아, 가스라이팅 관련으로?"

"네."

"선생님. 그러면 이제, 어쨌거나 계약을 하려면. 저든,

다른 사람이든 이름이나 이런 걸, 그러니까 주민번호 이런걸로 계약서를

작성해야 되거든요? 혹시 지역이 어디실까요?"

"관악구 신림동이요."

"아, 서울이시구나. 그럼 추가금은 없으시고, 전자 계약으로 하시겠어요?"

"어, 어떤 차이가 있나요?"

"어, 오셔야 돼요. 수원으로. 계약을 서면으로 하시려면. 근데 그냥 바로 인터넷

이메일로 계약서를 작성하게, 저희가 보내드리긴 하거든요."

"네, 좀 멀어서, 그럼 이메일로 하겠습니다."

"아. 그러면 제가 이 번호로 계약서에 필요한 사항 적어드려도 될까요?"

"네."

"네, 알겠습니다. 네. 제가 여기 바로 문자 드릴게요."

"네."

"네."

그렇게 우리는 이메일로 계약사항을 검토하고 계약을 맺었습니다.

그리고 저는 당일 날 바로 사백 사십만원을 송금했고, 그 길로 서울에서 수원까

지 먼 거리를 달려 변호사님을 마주 대했습니다.

저는 상담심리센터 상담사님의 소견서를 바로 보여드렸습니다.

"'나의 야망은 세계적인 리더자', 이거 정말이에요?"

변호사님은 놀라시는 눈치였습니다.

"네."

저는 대답했고, 노트북을 열어, 과거의 이야기 부분을 읽으시라고,

어떤 폭력들인지 느껴보시라고 말씀드렸습니다.

변호사님은 제가 당해온, 과거부터 현재까지 이어져 온 폭력을 하나하나

보시더니, 조현병 약을 처방받은 병원에서의 소견서와 의무기록일지 등을

추가 증거물로 제출할 것을 말씀하셨고, 또한 상담사님이 작성하신

소견서에 적힌 내용이 언제, 몇 일날 언급된 사건인지를 아는 것이 필요해

보인다고 하셨습니다.

중요한 것은 진술서였습니다.

십년 전 이야기부터 거슬러 올라가 써 줄 것을, 변호사님께서는

요구하셨습니다. 지금이 2024년이니까 2014년 정도부터

가스라이팅 당해 온 내용을 빠짐없이 적으라는 말씀이었어요.

"네."

저는 대답했습니다.

십년치의 폭력을 모두 기록할 생각입니다.

사실 승소한다고 해도 가족들이 나를 대하는 태도는

다르지 않을 거라 여겼습니다.

저를 안타깝게 여기신 한 분이 "사람은 안 변해요."라고

저한테 말씀해 주시기도 했거니와, 제가 지금까지 경험한 바로는

가족구성원 모두에게, 제가 손이 발이 되도록 빌고,

아무리 소통하자고 설득하고, 애원하고,

속상해도 저를 대하는 태도가 여태까지 변하지 않은 걸 보면,

그들은 타고나길 저와 인연이 아니었던 것 같았습니다.

그렇지만 저는 이 한 순간의 승리가, '나'를 보호하는 데

절대 도움이 될 수 있을 것이며, 그들에게 간접적인 패소 경험을

안겨줌으로써 생겨나는 일종의 '경험적 위축상태'를 만들 수 있다고

판단했습니다.

저는 이렇게 첫 상담을 마치고 자리에서 일어났습니다.

파란 하늘 아래 거리가 깨끗했습니다.

깨끗한 거리에 드문드문 카페들이 보였습니다.

저는 그 중의 한 카페에 들어섰습니다.

필요한 서류들을 점검해보기 위함이었습니다.

오렌지 에이드 한 잔을 시키고,

변호사님이 적어주신 필요한 서류들과 소송서 쓰는 방법이

적힌 종이 한 장을 꼼꼼하게 살펴보았습니다.

저를 위해서, 그리고 저와 같은 가정폭력 피해자들을

위해서 반드시 좋은 결과를 얻어서,

이 질긴 악연의 울타리들을 끊어내 보자고.

그렇게 속으로 다짐하고 그 날의 모든 상황을 마무리했습니다.

#녹취록 파일

저와 엄마의 통화 내용을 변호사님에게 보내드렸습니다.

보내기 전에 많은 고민을 했습니다.

하지만 변호사님께서는 말씀하셨습니다.

이 녹음파일이 충분한 증거자료가 될 수 있을 것 같다고.

그래서 저는 녹음파일을 속기사무소에 보내 녹취록을 완성하였고,

먼저 엄마와 저와의 통화 내용 일부분을 공개합니다.

제 통화 내용이 가족의 폭언과 방치로 고생하시는

분들에게 큰 도움이 되기를 바랍니다.

노을母 :*아~ 이제 그만 얘기해.*

아이고~ 이제 그만 얘기하고 니가 따지고 싶으면 아빠한테 따져. 어.

노을 :*아니, 아빠가 말이 안 통하는데 어떻게 따져.*

노을母 :*어, 그래. 그래. 엄마도 안 통해.*

엄마도 니가 자~꾸 그렇게 걸고넘어지려고 하는 것 같아. 엄마도 피곤해.

노을 :*나는 걸고넘어진 게 아니라 정신적인 피해 사실을 얘기하는 거야.*

노을母 :*어~ 그래, 알았어~ 이제 잘하나 못하나 두고 보고 아빠가 걸릴 일 있으면*

사진 찍어놓고 딱~ 했다가 이제 고발해라. 어~ 어떻게 하겠니?

어? 니가 그렇게 원한이 맺혔으니까. 어, 알았어~ 그만 얘기하자.

오늘 아까도 니네 집에서 많이 얘기했잖아. 그래~ 앞으로도 두고 보고 그렇게 하자~

노을 : 아니, 자꾸 나만 정신적으로

문제 있는 것처럼 하는데 정신병자는 아빠야!

노을母 : 어, 그래. 아빠, 아빠를 저거 나쁘니까 여기 더 지켜보고 아빠 고발해.

이제는 그 수밖에 없어~ 어떡하나. 그러니까 한번 지켜봐.

엄마가 얘기해도 아빠가 너 해치러 가나, 안 가나도 보고 그렇게 하자.

노을 : 직접적으로 해치러 오지 않지만 정신적으로 가스라이팅 하고 있어.

노을母 : 어, 그래. 앞으로도 하나 이제 두고 봐. 아이고! 이제 그만 얘기해.

나는 힘들어~ 너는 에너지도 많다. 그만 얘기해. 오늘 우리 얘기 많이 했잖아.

노을 : 내가 에너지가 많아서 그런 게 아니라 힘들어서 그래.

노을母 : (언성을 높이며) 아! 힘드니까 이제 그만 말해. 텔레비전이나 봐.

엄마가 아빠한테 잘 얘기해 놓을게. 그래. 끊자.

어떻습니까.

딸이 아빠로부터 정서적 학대를 받아왔다는데

이토록 무심하게 구는 엄마가 있습니까?

부모는 저를 사랑하지 않습니다.

제 이야기가 그 사실을 증명시켜 줬으면 좋겠습니다.

단 한 번도 제 입장에서 생각하지 않는 그들을 저는 부모라고 불러야 할까요?

가족을 대할 때와 정반대로, 그들은 타인에게는

늘 너무나 친절하게 대하는 호인이고 허허 웃고 다닙니다.

저는 앞과 뒤가 다른 그들의 모습에 꽤 마음고생을 했습니다.

다시 생각해도 소름이 끼칩니다.

일반적으로 자녀에게 공감하고

대화하는 능력이 결여되어 있으면,

그 집안은 풍파가 있습니다.

결론적으로 서로 잘 소통할 수 없습니다.

저에게는 가족 간 문제를 가지고 계신 두 명의 이웃이 있습니다.

두 분 다 가족에게서 받아야

할 감정적인 부분에서 결핍을 경험한 채 지내오고 계셨고,

그로 인해 만성적인 짜증이나 우울 등을 겪고 있었습니다.

저는 그들을 이해할 수 있었습니다.

그분들에게는 가족의 존재가 오히려 독이 될 수 있다는 사실 말입니다.

가정불화를 겪은 사람들을 위한 제도가

더 마련되어야 한다고 생각합니다.

심리센터를 다니며 우울증 약을 먹어도,

상황이 바뀌지 않으면 효과는 미미합니다.

오랜 기간동안 저는 불안감을 낮춰주는 약을 먹어왔지만,

그것은 잠을 잘 자게 해주는 것 외에는 큰 효과가 없었습니다.

늘 똑같은 고민은 계속되었고 상황이 나아지기를 꿈꾸며

운세나 보는 게 고작이었죠.

아무리 다른 운명을 살아보고 싶어도,

주변 인물들이 그대로인데 어떻게 스스로를 구할 수 있을까요?

이유는 각자의 삶을 둘러싸고 있는

'가족'이라는 테두리가 주는 직접적인 영향 때문일 것입니다.

가족의 영향은 이렇게 거대합니다. 이 글을 읽으시는 분들도

기억하셨으면 좋겠습니다. 한 아이의 엄마, 아빠가 되기 전에,

또는 누군가의 자녀로 살아가면서.

너무 당연한 문제지만,

또 너무 당연해서 잊어버리는 게 바로 사람이죠.

저는 아빠에게 하고 싶은 얘기가 있습니다.

내 옆에 있는 가족의 배려를 당연하게 여기지 마세요.

내가 음식을 만들어 주는 것도,

당신이 출근할 때 하녀처럼 "아버지(주인님), 다녀오세요." 하고

인사를 해줘야만 하는 것도 다 당연한 게 아닙니다.

나는 당신의 자식이기 이전에 타인이고 남입니다.

어째서 그 모든 배려가 당연한가요?

어째서 당신이 나를 함부로 대해도 나는 괜찮은 척 해야만 하나요?

그것이 폭력이라는 생각은 왜 하지 않는 건가요?

저는 가족에게 꼭 있어야 할 한 가지는 바로 존중이라고 생각합니다.

존중이 바탕이 되면 그 다음 단계는 쉽습니다.

존중을 해주고 받아주면서 '티키타카' 가 잘 되는

일반적이고 편안한 가정환경이 연출되거든요.

저는 어린 시절부터 부모에게 받았어야 할 최소한의

사랑과 도움을 받지 못 했습니다. 오히려 그 사람들에게 '지나치게'

맞춰주면서 저는 저 자신을 잃었고, 제 인생에 있어서

가장 큰 문제가 되었습니다.

일차적으로 성장기에 어려움이 있었고,

이차적으로 성인이 되어 사회생활 할 때 나라는

사람이 어떤 사람인지 사람들한테 표현하는 것에 대해

어려움이 있었습니다.

제가 겪었던 이야기들이 모두 사실이라는 것을

믿어주셨으면 좋겠습니다.

왜냐하면 제 부모는 자신들이 벌인

모든 일을 까맣게 잊어버리고 살기 때문입니다.

여러분이라도 믿어주셨으면 하고 간절히 바랍니다.

이 사실은 성인이 되어서도 새로운 고통의 역사가 되어 반복되고 있었습니다.

나이의 변천에 따라서 한참의 시간 동안, 가족으로부터 받은

무수히 많은 정신적 상처들이 끊이지 않고 계속 나는 기분이었습니다.

녹취록은 1시간짜리 파일본을 만드는 데 평균적으로는

삼십만원 정도가 듭니다.

잘 준비하셔서 고통에서 벗어나세요.

단 몇 십분 짜리라도 이렇게 녹취록으로 만들어 줍니다.

변호사를 선임하셨거나, 법률사무소에 의뢰하실 생각이시라면,

사건을 맡은 변호사님께 부탁하는 것을 추천드립니다.

그 편이 절차가 간단하고 시간도 많이 단축됩니다.

저는 녹취록 이후를 생각해야 했습니다.

사실 준비가 쉽지 않은 단 한 가지,

바로 진술서가 남아있었습니다.

다른 것들은 전부 쉽게 얻을 수 있었는데

진술서만큼은 작성하기 어려웠습니다.

고통스러웠습니다.

왜냐하면 가족들과의 일들을

모두 선명하게 기억하는 편이기 때문입니다.

변호사님께 말씀드려서 진술서를

한 달 내로 준비하겠다고 했습니다.

저는 언제쯤 이 고통에서 벗어날 수 있을까요?

#소송을 혼자 진행하게 되다

2024년 3월 12일, 변호사님에게서 연락이 왔습니다.

저는 변호사님의 연락을 받고 깜짝 놀랐습니다.

변호사님께서는,

이번 사건을 맡을 수 없으며 소장 작성하는 것 정도로만

도움을 줄 테니 혼자서 하시는 게 어떻겠느냐고 제안을 하셨습니다.

저는 이유를 물었고, 변호사님께서는 이런 일이 있을 때마다

부모님들이 찾아와서 난리를 치고 간다며,

혼자서 소송하는 방법을 알려주겠다고 말씀하셨지요.

그래서 저는 제안을 수락했고, 계약사항 중 일부를 수정했으며,

변호사님께서 제 진술서를 참고하여 만드신 소장과

병원 의무기록 등을 파일로 받아 놓았습니다.

그리고 저는 변호사님께 여쭤볼 것이 하나 남아있었습니다.

바로 타인에게는 공개될 수 없는

아빠의 문장완성검사지 내용의 일부였습니다.

아무리 가족이라고 해도, 본인의 동의 없이는 문장완성검사지 내용을

발췌할 수 없습니다. 하지만 저는 그것이 이번 정신적 손해배상청구

소송에서 승소할 확률을 매우 높여줄 증거물이라고 생각했고,

며칠 내로 법원 제출용으로 아빠의 문장완성검사지

내용을 획득할 수 있는지 여쭤보기로 결심했습니다.

그들의 권위의식에 반하는 자식이 될 것을 알고 있었지만,

저는 제가 살기 위해서 어쩔 수 없이 그들이 평소에 그렇게 여기는

제 모습대로 '덜 떨어진' 자식이 되기로 했습니다.

저는 권위적인 그들에게 늘 익숙해져 있었지만,

단 한 번도 맞추고 싶지는 않았어요.

그들도 이제 알아야 합니다.

제가 맞는 게,

폭언을 당하는 게 당연하지 않다는 사실을 말입니다.

그래서 변호사님에게 추가 비용을 드려 고소장을 작성하였습니다.

길고 긴 싸움이 될 것입니다.

아래는 소장 내용 중 일부로,

변호사님께서 제 상담소견서와 병원 의무기록일지를

바탕으로 작성해주신 부분입니다.

2. 피고의 정신적 폭력 및 가스라이팅

피고는 2023. 8.경 피고의 주거지에서 원고와 식사를 하던 중, 원고로부터 "가족관계가 편안해지고 서로 위하는 분위기가 되었으면 좋겠다"고 이야기를 듣자 원고에게 "이랬다가 저랬다가 맞출수가 없네"라고 폭언하였습니다.
나아가 피고는 2024. 3.경 원고가 지속적으로 거부 의사를 표시하였음에도 원고가 운영하는 블로그에 접속, 방문하고 방문자임을 알려 원고의 의사에 반하는 행동을 하고 있습니다(갑제1호증 진술서).

3. 피고의 손해배상책임

피고의 이 사건 행위는 원고의 정신 건강에 해를 가하는 불법행위로서 그로 인하여 피해자인 원고가 신체적, 정신적 고통을 받았을 것임은 경험칙상 명백합니다. 원고는 오랜기간 동안 피고의 무시, 정신적 핍박 속에 살아왔으며 이로 인하여 제대로 된 교우관계를 맺지 못하는 등 여러 손해를 입었습니다. 따라서 피고는 아래와 같이 원고가 입은 정신적 손해를 배상할 의무가 있습니다.

원고는 피고의 행위로 인하여 제대로 된 사회생활을 하지 못하였을 뿐만 아니라 현재까지도 우울, 불안 등 정신적 피해를 호소하며 상세불명의 조현병 진단을 받았으므로 피고는 이에 대하여 금전적으로 위자할 의무가 있다할 것입니다(갑제2호증 진단서).

원고는 위와 같은 피고의 행위로 정서적 어려움을 겪었으나, 원고를 도와줄 가족의 부재 등으로 정상적인 사회생활을 영위할 수 없었습니다.

이처럼 하루하루를 성실하게 일하며 사회구성원으로서 사회에 공헌하겠다는 꿈을 갖고 있던 원고가 수십 년간 피고로부터 과격한 언어 폭력 등을 당하여 대인 기피 증상을 보이는 등 극심한 정신적 충격과 고통을 겪은 점을 고려하면, 피고가 원고에게 지급하여야 할 위자료는 1,000,000원이며, 이는 적절한 범위의 금액 중 최소한도의 금액이라 할 것입니다.

4. 범죄사실

고소인과 피고소인은 모녀지간으로, 현재는 가정 불화로 인하여 더이상 연락을 하지 않는 사이이다.

피고소인은 2023. 11.경 서울 관악구 신림동 소재의 음식점 '서울집' 앞길에서 고소인이 "아빠의 정서적 학대를 말려달라"고 하자 주먹으로 머리를 때리는 등 그 때부터 2023. 12.경 사이에 같은 장소에서 총 3회에 걸쳐 고소인을 폭행하였다.

5. 고소이유

가. 관련 법리 및 하급심 판례

폭행과 관련하여, 대법원은 폭행이란 사람의 신체에 대하여 육체적, 정신적으로 고통을 주는 유형력을 행사함을 뜻하는 것으로서 반드시 피해자의 신체에 접촉함을 필요로 하는 것은 아니고, 그 불법성은 행위의 목적과 의도, 행위 당시의 정황, 행위의 태양과 종류, 피해자에게 주는 고통의 유무와 정도 등을 종합하여 판단하여야 한다고 판시한 바 있습니다(대법원 2003. 1. 10. 선고 2000도 5716 판결 등 참조).

폭행 사안과 관련하여, 피고인이 피해자의 머리를 주먹으로 3회 때리고, 피해자의 팔을 주먹으로 2회 때린 사안에서 법원은 피고인에게 폭행죄 유죄를 선고 하였습니다(대구지방법원 2021. 7. 20. 선고 2021고정145 판결 등 참조).

나. 범죄사실 관련 행위

사건 당시, 고소인은 만30세가 넘는, 자체적으로 판단이 가능한 성인이었습니다. 비록 고소인과 피고소인이 모녀지간이기는 하나 성인인 자녀의 의사에 반하여 유형력을 행사하는 것은 엄연한 폭행에 해당합니다.

범죄사실과 같이, 피고소인이 고소인에게 유형력을 행사한 것은 한 번이 아닙니다. 고소인이 피고소인을 만나 "정서적 학대를 그만하라"고 요청할 때마다 피고소인은 위와 같은 고소인의 요청을 묵살하고 주먹으로 머리를 세게 치는 등 고소인을 폭행하였습니다.

고소인은 위 고소장 제출 이후 수사기관의 출석 요청에 성실히 응할 계획입니다.

6. 맺음말

고소인은 위와 같은 피고소인의 지속적인 폭행행위로 인하여 오랜 기간 정신적 고통을 겪었습니다. 피고소인은 이외에도 고소인에게 부적절한 발언을 하는 등 정신적인 고통을 주었으나, 형사 사건이 확실한 부분에 한해서만 우선적으로 고소하는 바입니다.

고소인은 현재까지도 정신과 진료를 받고 있으며 피고소인으로부터 연락이 올 때마다 극도의 스트레스를 받고 있는 상황이므로 이 점 고려하시어 신속한 수사를 해주실 것을 간곡히 요청드립니다.

이와 같은 내용으로 소장은 작성되어 있었습니다.

'침착하자. 소장은 잘 작성해 주셨어. 할 만하다.'

저는 숨을 고르고 질문을 드렸습니다.

확실한 확답이 필요했습니다. 그래서 여쭤보았습니다.

"혹시 변호사님 생각에 저 혼자 그 사람들 상대로

재판받아서 승소할 것 같으십니까?"

변호사님께 듣고 싶은 단 하나의 말은

바로 "이대로라면 승소할 확률이 높습니다."

였으나, 그 대답을 듣지는 못 했습니다.

이제부터 소송 과정을 보여드립니다.

민사소송 중반까지의 결과와

그리고 형사소송에서

어떤 일이 일어나는지 지켜봐 주시기 바랍니다.

#천국행 티켓 한 장 주세요

"천국에는 진짜 엄마가 있을 거야."

제 입 밖으로 저도 모르게 튀어나온 말입니다.

그들이 "우린 그런 적 없어요."라고 증언할 게 벌써부터 눈 앞에 선했습니다.

그들에게는 제가 당한 폭력이 미미한 것이고,

제가 겪은 일들이 별 것 아니어서,

말조차 꺼내보지 못한 가정폭력 피해자가 여기 있었습니다.

고통의 시간이 오는 듯 했습니다.

마음이 약해지면 안 되는데, 하면서도 자꾸만 약해졌습니다.

가족. 가족이라는 이유가 모순이 되어 목을 죄어왔습니다.

주체할 수 없는 원망스러움에 그만 눈물이 나왔습니다.

'한 번이라도 날 사람으로 대할 순 없었어?

당신들 그럴거면 자녀를 왜 낳았어.

이따위 환경 속에서 내가 최선을 다해 당신들 배려했던 건 아무것도 아니야?'

한 번 터져나온 울음은 쉽사리 멈추지 않았고,

저는 결국 오열하기 시작했습니다.

그렇게 삼십 분이 흐르고,

우는 것에 지쳐갈 때쯤 여청수사팀 담당관님이 전화를 주셨습니다.

2024년 3월 16일 토요일이었습니다.

#항고

수사 과정에 난항이 있었습니다.

엄마의 폭행 혐의는 증거불충분으로 기각됐고,

저는 최대한 문자 기록을 끌어모아 항고를 해야만 하는

절차를 진행해야 했기 때문입니다.

여기서 항고란, 결정에 대한 상소를 말합니다.

검사 측에서 혐의없음 판결을 내렸고 이 결정에 대한

이의를 제기하는 것을 일컫습니다.

저에게 4월 20일 서울중앙지방검찰청에서 '2024형제 24314호' 사건번호로

결정결과를 알려주었고, 피의자 신분인 엄마는 연락처를 바꾸고 잠적했습니다.

그래서 전 비로소 알 수 있었습니다.

제가 그들에게 맞춰 온 세월이 이런 식으로 돌아오는구나, 하고 말이지요.

저는 엄마에게 보낸 문자를 화면 캡쳐하여 제 이메일로 보내놓았습니다.

프린트하여 항고 할 생각이었습니다.

검찰청 민원실에 가서 항고를 하기 위해

준비를 하면서 허무함이 느껴졌습니다.

가족들은 마지막의 마지막까지 제게 사과를 하지 않았습니다.

그리고 제 말을, 제 의사를 존중하지 않았습니다.

저는 그동안 그들의 자기중심적인

성격에 맞춰오느라 파탄 난 인간관계, 질적인 성과,

그들이 없었다면 누릴 수 있었던 경제적 여건들 등의 피해와,

제가 현재 복용 중인 약의 성분 조사 의뢰 및,

복용 중인 약들 중 조현병 치료 목적으로 지어진 약이 없다는 사실,

그리고 현재 생동성 시험 아르바이트를 병행하고 있다는 점 등을

항고 내용에 자세하게 적어 볼 생각입니다.

생동성 시험에 참여할 수 있는 조건으로는

정신병 치료약을 복용 중이지 않아야 합니다.

저는 피해자임에도,

당시 CCTV 영상을 미리 확보하지

못 했어서 수사에 난항을 겪고 있었습니다.

여러분,

가정폭력을 당하셨다면 CCTV 증거 영상 꼭 확보하세요.

아니면 폭력을 당한

직후 곧바로 병원에 가서 상해진단서를 꼭 떼시기 바랍니다.

1) 피의자는 2020. 8. 16. 경상북도 경주시 이하 불상지에서 피해자와 함께 버스를 기다리던 중 알 수 없는 이유로 피해자의 오른손을 왼손으로 꽉 쥐어 유형력을 행사하였다.

2) 피의자는 2023. 11월 불상경부터 같은 해 12월 불상경까지 서울 관악구 신림동길 6 앞 노상에서 피해자가 부친의 정서적 학대를 말려달라고 요구하였다는 이유로 피해자의 머리를 주먹으로 3차례 내리쳐 폭행하였다.

수사결과 및 의견

○ 피해자는 위 범죄사실과 같이 피의자로부터 폭행 피해를 당하였다고 주장한다.

○ 반면, 피의자는 수년간 조현병을 앓아온 피해자가 사실을 왜곡해서 기억하는 경향이 있다면서 자녀인 피해자를 폭행할 이유가 전혀 없다고 부인하고, 부모님이 자녀들을 학대하거나 강압적으로 행동한 적이 전혀 없음에도 피해자가 특정 부분을 왜곡하여 받아들이고 이를 학대나 강압적인 행동이라고 주장하는 경향이 있다는 참고인 이은호의 공통된 진술 내용 등에 비추어 볼 때 피해자의 진술을 그대로 믿기 어렵다.

○ 피해자의 주장만으로는 피의사실을 인정하기에 부족하고 달리 피의자의 폭행 행위를 인정하거나 증명할 수 있는 명백한 증거가 없다.

○ 따라서, 피의자의 범죄 인정되지 않고 증거 불충분하나, 본 건은 가정폭력범죄에 해당하여 「가정폭력범죄의처벌등에관한특례법」 제7조에 의해 전건 송치(불구속) 결정임.

결정통지서

이은호는 제 쌍둥이 동생입니다.

'야, 이은호. 그래야겠어?

너는 내가 맞았는지 안 맞았는지 어떻게 알고 자꾸.'

그래도 저는 하나의 긍정적인 결과는 얻었습니다.

피의자 신분인 엄마가 가정폭력범죄로 고소당한 사람으로

검찰의 기록 속에 남게 되었다는 것입니다.

#심문기일

녹취속기록 작성일시 : 2024년 05월 24일

○ 노을 : 내가,

○ 노을父 : 응.

○ 노을 : 솔직하게 말할게. 당신이 내가 에그인 헬로 방울토마토 들어간다는 얘기 듣고 상담사한테 나보고 부정적이라고 얘기했어. 상담사가 나한테 그 사실을 말해 줬어.

○ 노을父 : 내가….

○ 노을 : 노을이가 너무 완벽주의자라서 싫고 부정적이라고.

○ 노을父 : 그래, 니가 성격이 너무 완벽자, 맞아, 맞는데 아빠가 네가 방울토마토 해 줬을 때 그걸 여기가 다 사진도 내가 찍어놨고 너무 감사하다고 얼마나 좋은 말을 너한테 카톡으로 문자로 보냈는데 그게 자료가 여기 다 있거든.

○ 노을 : 아니,

○ 노을父 : 응.

○ 노을 : 당신이 부정적이라고 했잖아.

○ 노을父 : 어? 뭐라고? 뭣이?

○ 노을 : 당신이 나보고 부정적이라고 했어, 안 했어? 똑바로 말해.

○ 노을父 : 아니, 니가 왜 부정적이야? 너무 맛있고,

○ 노을 : 아니,

○ 노을父 : 좋다고 내가, 응.

○ 노을 : 우리 가족 상담할 때 당신이 상담사가 "노을이의 모습이 어떻게 느껴져요?" 이랬을 때 내가 녹음을 안 한 게 너무 억울해. 당신은 부정적이라고 했어.

○ 노을父 : 우리 딸이 왜 부정적이야. 부정적이라고….

○ 노을 : ** (01:06) 아니, ** 그렇게 말했어.

○ 노을父 : 아이고, 우리 딸 왜 그래.

○ 노을 : 아니, 아니, 어떻게 이렇게 자세한 표현을 인정을 안 할 수가 있어?

○ 노을父 : 아니, 내 돈, 내 돈 상담, 내 돈 상담 270만 원 들어가면서 무슨 미쳤다고 돈 안 아까운 사람이 어딨어. 그러면서 우리 딸을 위해서 니가 신청을 해 놨으니까 니가 돈 낸다고 하니까 안 된다고 아빠가 내서 했는데 너를 나쁘게 말하겠어? 생각해 봐.

○ 노을 : 어, 너는 나를 나쁘게 말했고 늘 나를 비판했고 깎아내렸어. 이게 사람이 살 수가 없어. 너무 분하고 억울해서 일상생활이 안 된다고. 당신이 지금까지 나한테 했던 폭언, 내가, 모두 사실이야. 내가 없던 일 지어내서 말하는 사람 아니야. 그렇게 말하면 나 억울해서 못 살아.

○ 노을父 : 그러니까 너한테 폭언했다는 게 내가 어릴 때부터 '공부를 잘 해라. 너는 성공해야 된다.' 뭐 그런 적도 없고 정말 너의 건강만 해 줬으면 좋겠다고 얼마나 안타깝게 키웠는데 니 생각으로는 폭언을 했다고 하는 거잖아, 지금.

○ 노을 : 아니.

○ 노을父 : 응.

○ 노을 : 당신은 나한테 무관심했고 우리 밥상머리에서도 아무 말도 안 하고 밥만 먹어댔어. 당신이 뭐 나한테 뭐 '학교생활이 어땠니, 친구가 어땠니?' 관심 가져준 것도 없고 나한테….

○ 노을父 : 아이, 어릴 때 초등학교 때 다 그랬잖아. 근데 중학교 때부터 니가 졸업할 때부터 울고 막 그랬잖아. 그래서….

○ 노을 : 왜 그랬냐면 집안이 너무 무관심하고 무미건조하기 때문이야. 상담사 소견서에 다 나와 있잖아.

○ 노을父 : 아니, 그러면 상담사 좋아, 상담사 저것도 그렇게 하면 안 되는 거고 상담이라는 것은 어, 서로의 아픔 상처를 치유하기 위해서 상담하는 거야.

○ 노을 : 아니, 그러니까 당신 잘못을 인정해야, 인정을 해야만 이게 되는 거야. 당신도 잘못이 있어. 당신이 그렇게 좋은 아빠가 아니었어.

○ 노을父 : 상담사 선생님이 뭐라고 한 줄 알아? 설령, 설령, 엄마한테 한 소리야잉? 설령 엄마가 저 딸을 질질 끌고 가서 머리채를 끌고 가서 때렸다고 해도 안 때렸어도, '안 때렸어도 때렸다고 해라. 그게 무슨 잘못이냐. 때렸다고 해라. 부모가 때렸다고 해라. 그래야 치료가 된다.' 그래서 그냥 '그래, 그랬어요. 알겠어요.' 이런 식으로 상담을 받은 것뿐이지, 어떻게 상담이라는 게 '너 인정해라. 너 어떻게 해라.' 이렇게 상담이 아니라는 거지.

○ 노을 : (한숨 소리) 지금 내가 안 맞았는데, 아, 때렸다고 거짓말한다는 거잖아, 지금. 당신이 사람이면 이러면 안 돼. 이런 거짓말을 어떻게 그렇게 떳떳하게 잔혹하게 할 수가 있어?

○ 노을父 : 뭐가 잔혹하냐고, 뭐가 잔혹하냐고.

○ 노을 : 그리고 당신 마누라가 나 때린 거 사실이야. 내가 없는 얘기한 게 아니야. 내가 안 맞았으면 안 맞았다고 하지 왜 맞았다고 거짓 주장을 해.

○ 노을父 : 아니, 너는 음식점에서 때렸다고 하는데 엄마는 때린 적이 없다는 거야.

○ 노을 : 때린 적이 있으니까 있다고 하지. 이렇게 사람 억울하게 할래?

○ 노을父 : 아니, 설령, 설령 엄마가 때렸다고 쳐. 하면 너를 아프게 죽게 때렸겠냐? 니가 가자는 대로 여행 다 다니고 그냥 그 사진 찍은 것도 여기 있지만 어디든지 갔잖아, 강원도로 어디로. 그렇게 회사가, 지금 허리를 다쳐 가지고 움직이지 못 하는 식물인간처럼 그냥 누워만 있고 지금 몇 달이 갈지도 모르고 일하다가 그렇게 불쌍한 엄마를 세상에 인간으로 태어나서 고발하고 막 이렇게 날아오게 하고.

○ 노을 : 아니, 당신이, 당신들이 아픈 건 당신들 일하다가 그런 건데 왜 내 탓을 해? 이거 죄책감 들게 하는 거야.

○ 노을父 : 니 탓을 하는 게 아니잖아. 지금, 지금 가정 형편에 대해서 딸이니까 얘기를 해 주는 거잖아, 맨날 가족은 남이라고 하니까.

○ 노을 : 아니, 어쨌든 내가 폭력을 당했으면 폭력을 당한 거야. 그 사실은 변하지 않아. 인정하도록 해. 내가 없는 사실 말하는 거 아니니까. 내가 소장에 적은 사실들 전부 다 사실이니까.

○ 노을父 : 아니, 엄마, 엄마는 음식점에서 나오면서 때린 적이 없대요. 찾으려면 찾아….

○ 노을 : 아니(09:02) 또 말하잖아, 때렸다고. 이게 세 달 전 사건이어서 CCTV 영상도 구할 수 없어서 내가 억울해하는데 나는 어쨌든 더 이상 맞고 폭언 듣고 뭐 이런 거 절대 내 삶에 허락할 수 없으니까 당신은 그 문제를 인정하고,

○ 노을父 : 아, 그건 인정해, 그건 인정하는데,

○ 노을 : 더 이상 이런 짓을 하지 않도록 해, 제발.

○ 노을父 : 아니, 그건 당연하지. 아빠가 어릴 때부터 너를 늘 데려다주고 학교도 데려다주고 그러는데 때린 적도 없는데 때렸다고 하니까 '그걸 인정하라.' 앞으로….

○ 노을 : 사실인데(09:34) 어떻게 안 때렸다고 하냐, 내가 맞았는데.

○ 노을父 : 엄마 안 때렸다고 하는데 자꾸 그러네, 아~

○ 노을 : 아니, 내가 맞았다는데 당신은 왜 아내 편만 들어. 정상이야, 이게?

○ 노을父 : 아이고, 알았어, 알았어. 아빠가, 아빠가 비정상이야. 그래그래 비정상이야. 어, 알았어. 어, 알았고,

○ 노을 : 뭘 알았어? 뭘 알았어? 지금 이게 인정하는 게 아닌데 내가 맞았다면 억울한 거잖아. 그럼 어떻게 해야겠어? 지금 이렇게 서둘러 끊으려는 태도가 과연 정상이겠어?

○ 노을父 : 아니, 서둘러 끊은 게 아니고 아빠도 이제 사무실에 나가야 될 거 아니야. 그런데 자꾸 너하고 집에서 실랑이하고 은호는 니 거 문자 온 거 다 보고 나갔는데, 나갔는데 나보고 어쩌라고 그러면. 엄마는 병원에 있고. 그, 내 딸이 뭐….

○ 노을 : 너 자꾸 그렇게 내 탓 하지 마라. 이거 되게 못된 거야. 뭐 당신, 나는 지금 일하는 곳 없는(10:33) 줄 알아?

○ 노을父 : 아니, 이런 얘기를 하면 '아, 그랬구나. 엄마 안 됐구나.' 이렇게 해야

되니까 이게 인간적인 마음 아니야?

○ 노을 : 당신이나 당신 아내나 날 폭언하고 폭행했는데 그런 인간적인 마음이 들라고 강요하는 게 정상이야?

○ 노을父 : 강요?

○ 노을 : 어.

○ 노을父 : 야~ 강요한다는 것은 인간적으로 돌아가서 생각할 때 나를 낳아서 길러주고 애써서….

○ 노을 : 야, 야, 요새는 그런 세상 아니야. 폭언 당하고 폭행당하면 신고하는 게 당연한 거야.

○ 노을父 : 니가 서른여섯이라고 주장하잖아. 서른여섯 살 지금 중년 응? 그때는 옛날 아빠 나이로는 스물일곱에 결혼했는데 너는 서른여섯인데 결혼도 못 해!!! 어른이 된 거야. 그런데….

○ 노을 : 야! 결혼식이, 이렇게 학대하는 새끼가 있는데 내가 어떻게 결혼을 하냐.

○ 노을父 : 아니, 학대하기는 뭘 학대했냐고. 니 하자는 대로 꼬봉이 돼가지고 다 들어줬잖아.

○ 노을 : 내가 당신의 꼬봉이 됐지. 당신은 억압이나(11:26) 하고. 넌 정상이 아니야.

○ 노을父 : 같이 자라는, 자랐던 그럼 쌍둥이는 뭐야? 바보야?

○ 노을 : 당신은 쌍둥이한테, 나한테는 대하듯이 못 되게 안 하잖아. 당신은 걔가 무섭지? 욱하는 성질 있으니까?

○ 노을父 : 안 무서워. 왜 우리 아들인데 무서워? 우리 아들이,

○ 노을 : 그런 말(13:48)

○ 노을父 : 나를 껴안고 어저께도 그냥 "아빠, 사랑해. 낳아줘서 사랑하고 다시 태어나도 아빠의 아들로 태어날 거야."

○ 노을 : 그러면! 아, 그만 말해. 내 주장을 받아들여. 나는 피해를 입었다고 생각하니까.

○ 노을父 : 나는 못 받아줘. 못 받아줘. 억압한 적이 없어(14:05) 그렇게 베풀었는데 인간적으로 부모님 감사하다는 거는커녕 '미친놈, 나쁜 놈 니가 폭언하고 니가 때리고 그래서.' 이랬다고 하면 법원에서 인정해 주겠냐고.

○ 노을 : 야! 가족 관계가 얼마나 중요한데. 어린 시절부터 폭력을 해.

○ 노을父 : 그니까 가족 관계가 중요한데 같이 자란 쌍둥이는 왜 그러냐고, 잘해 주냐고 엄마, 아빠 사랑한다고 그러고 울고 그러냐고.

○ 노을 : 어쩌라고 나보고. 걔랑 똑같이 하라는 거야?

○ 노을父 : 아니, 그런데 너는 폭언했다고 하니까 그걸 나는 인정 못 하겠다는 거지. 법원에서 억울해서 엄청나게 내가 썼는데 다 빼버리고 은호가 줄여가지고 그렇게 보, 니가 주장한 것만 보낸 거야.

○ 노을 : 당신이 나한테 폭언한 적 없다고?

○ 노을父 : 없지, 언제 있어?

○ 노을 : 어디서 거짓말을 해.(14:54)

○ 노을父 : 내가 '이 쌍년아'를 했어? 아니, 야, 들어봐라. 내가 '개 같은 년아'를 했어?

○ 노을 : 야, 너 이런 식으로 하지 마. 너 내가 와~ 진짜. 너 내가 소장에 다 썼어, 너 폭언했던 있는 그대로.

○ 노을父 : 너 이렇게 너라고 얘기하는 것도 다 지금 녹음하고 있어. 내가 법원

에서 다 들어줄 거야. 인간같지 못 한 말종이라고. 아이고, 진짜.

○ 노을 : 인간같지 못 한 말종은 당신들이 학대하고 방임한 것도 모자라서,

○ 노을父 : 아니, 학대 안 했다고 내가 하잖아. 엄마도 그렇고, 가족이.

○ 노을 : 지금, 지금도 위협해. 내 일상을(15:27)

○ 노을父 : 뭐가 위협해? 니가 고발한 원고가 아니야, 원고. 나는 피고야. 그러니까 답변할 의무가 있어.

○ 노을 : 당신의 답변 다 틀렸고 다 거짓이야. 내가 알아.

○ 노을父 : 아, 너, 니가 거짓, 니가 판사 아니야. 판사는 따로 있어.

○ 노을 : 그래,

○ 노을父 : 니가 법관 아니야.

○ 노을 : 판사가 따로 있는데 왜 당신이 마음대로 원고의 모든 취지를 기각해? 당신이 그럴 권한 없어.

○ 노을父 : 아니, 기각하는 거 아니야. 내가 왜 기각해? 말 같지 않은 소리를 이렇게 한다니까.

○ 노을 : 아, 당신이 그렇게 썼잖아. 당신이 그렇게 썼잖아.

○ 노을父 : 내가 왜 기각을 해? 판사도 아닌데.

○ 노을 : 아니, 그러니까 당신이 그렇게 답변서에 적었잖아. '모든 취지를 기각한다.' 이게 뭔 개뼉다구 같은 소리야. 판사가 기각하는 거야, 당신이 아니고.

○ 노을父 : 아이고, 중앙검찰청에서 기각한다고 공문이 왔어요. 저 '증거 불충분으로 인해서 이거는 사유가 인정하지 못 함.' 그렇게 해서 온 증거가 여기 다 있다고.

○ 노을 : 아니, 난 당신 답변서 말고는 못 받았어.

○ 노을父 : 아니, 내가 그러면 그 기각된 거 너한테 보내줄까? 아이그~

○ 노을 : 당신이 하는 말을 믿겠어, 내가?

○ 노을父 : 그래가지고 이거는 부모의 도리로서 우리는 잘 해 줬다고 하지, 너는 못 해 줬다고 하지. 그러니까 판사로서는 그걸 사유를 보고 판정을 하는 게 판사잖아. 그러면 거기서 그, 이거는 불충분함으로,

○ 노을 : 아, 그만해. 아, 난 끝까지 갈 거고 당신 말도 안 되는 소리 더 이상 들어줄 수 없어.

○ 노을父 : 아니, 그러니까 너 돈, 돈 많으니까 끝까지 가. 괜찮아, 끝까지 가, 응. 아빠는 거기에 그냥 대해줄 뿐이야, 아빠니까. 대해줄 뿐이야.

○ 노을 : 아니, 당신은 아빠라면 자기 잘못을 인정하고 시인해야 돼.

○ 노을父 : 부모를 고발하는 세상에 이런 말종이 어딨냐? 부모를 고발하는 말종이 어딨어? 정상이라며, 너. 정상이라며.

○ 노을 : 야!

○ 노을父 : 정칩….

○ 노을 : 야, 나한테 그딴 소리 하지 마.

○ 노을父 : 아, 그러니까 너 정상이라며. 정상인 사람들은 있잖아, 1년에 한두 번 적어도 명절 때 생일 때는 찾아와서 감사하다고 해요, 정상인 사람은.

○ 노을 : 아니, 자기 자신을 폭행한 사람들을 어떻게 감사해?

○ 노을父 : 아니, 누가 폭행했다고 그래. 누가, 우리,

○ 노을 : 니가 폭행 했다고.(18:34)

○ 노을父 : 우리, 우리 아들 쌍둥이가 같이 자랐는데 감사하다고 다시 태어나도 엄마 아빠 아들로 태어나게 해달라고 그러는 판인데 아니, 같이 자라서 같은 환경에서 같이 밥 먹고 자랐는데.

○ 노을 : 언론사에 고발할 거야.

○ 노을父 : 아니, 고발해, 그래. 우리 딸 훌륭하니까 언론사에 고, 언론사 내가 무서워서 살았으면 이 인생 안 살았어. 아빠는 충실하게 지금까지 사회생활 하면서 자랐어. 교회에서 장로로 그리고 사회에서는 인정받는 사람으로서.

○ 노을 : 너 맘대로(19:08) 얘기하지 마. 하나님을 믿는 사람이 이럴 수가 있어? **(19:13)

○ 노을父 : 아니, 하나님이 믿는 사람이 내가 어떻길래. 니가 부르는 대로 도와달라는 대로 내가 안 달려간 적 있어?

○ 노을 : 언제(19:18) 나 부르는 대로 도와줬어? 당신 내키는 대로 도와줬지.

○ 노을父 : 다 도와줬잖아.

○ 노을 : 당신 내킬 때만!

○ 노을父 : 내가,

○ 노을 : 당신이 어떻게 최선을 다했어?

○ 노을父 : 니가,

○ 노을 : 당신은 늘 마음대로 했어.

○ 노을父 : 도움, 도움을 요청할 때마다 아빠가 안 도와준 적 단 한 건도 없어요. 그리고 니….

○ 노을 : 야, 그리고 내가 한마디 하는데,

○노을父 : 응.

○노을 : 부모라고(19:37)하는 사람들은 원래 자식이 도와달라고 하면 도와주는 거야. 어떻게 자식이 내리사랑, 오르사랑만 있어? 부모가 먼저 사랑을 해야 자식도 공경을 하지, 어떻게 지금 시대가 언젠데 6.25 사상을 나한테 주입하고 있어? 뭐 당신 아들내미가 '사랑해요, 좋아해요.' 하면 나도 똑같이 해야 돼?

○노을父 : 내가 똑같이 하라고 지금 말하지 않았잖아, 내가 말하지 않았잖아.

○노을 : 나는 틀릴 수 있잖아. 나는 그냥(20:03) 인간이야. 근데 왜 있는 그대로 보지를 않아?

○노을父 : 아니, 있는 그대로인데 니가 그러잖아, '나한테 더 요구하지 마라. 나를 바라지 말아라.' 내가 너한테 언제 바란 적 있냐고, 요구한 적 있냐고.

○노을 : 어, 너는 늘 니 감정 쓰레기통 되기를 바랐어. 나는 다 알아. 당신이 나 학대하고,

○노을父 : 어, 그러니까 너는, 너는 지리에 가서 도사가 돼가지고 앉아있어야 돼. 응.

○노을父 : 저거 봐, 아유. 부모는 너를 얼마나 약하게 태어나서 인큐베이터에 넣어가지고 돈도 많이 들어가면서 알뜰하게 키워서,

○노을 : 그게 말이야?(21:01) 자기 아이를 돌보는 건 당연한 거야. 아기는 말도 못 하고 움직이지도 못 하고 걷지도 못 하잖아. 당연히 아프면 인큐베이터에 넣어야지, 태어난 생명체를.

○노을父 : 아니, 아니, 그러니까 소중하게 키운 아들딸을,

○노을 : 아니, 그거는 당연한 거라고. 아주 당연한 거를 당신은 마치 엄청 잘 해준 듯이 그렇게 말을 하고 있다고.

○ 노을父 : 아니, 잘 해 준 듯이 아니라 니, 아빠 말은 그거야, 폭행했고 뭐 어쨌다고 자꾸 때렸다고 하고 뭐 언어 폭행했다고 하고 뭐 욕했다고 그러고 자꾸 하니까 욕한 적도 없고 때린 적도 없는데 그렇게 말하니까 아빠가 얘기한 거지. 소중하게 키웠는데 니 생각일 뿐이라고 말을 해 주잖아.

○ 노을 : 소중하니까 키우는, 내가 무슨 말만 하면 비판하고 비난하고 깎아내리고 나보고 완벽,

○ 노을父 : 언제 비판했냐고, 어머.

○ 노을 : 아니, 들어봐, 들어봐! 완벽주의자라고 하고 부정적이라고 하고 '이랬다가 저랬다가 맞출 수가 없네.' 이러고 맨날(21:57) 인사 안 하면 서운하다 그러고. 웬 서운해?

○ 노을父 : 아니, 니가….

○ 노을 : 아니, 내가 인사 안 할 수도 있잖아.

○ 노을父 : 아니, 니가, 니가, 니가 인사한 적 없지만 '잘 다녀오세요, 뭐 하세요.' 인사한 적도 없지만 그런 걸 하지 말라고(22:10) 내린 적도 없어요.

○ 노을 : 또 시작이네. 내가 어릴 때는 꼬박꼬박 인사 했어. 근데 커가면서 진짜 싫더라고. 나만 이렇게 사랑을 준다는 게. 나도 사랑받고 싶고 존중받고 싶은데 부모라는 작자들은 사랑을 안 줘, 아무리 노력을 해도.

○ 노을父 : 뭔 소리야. 어릴 때부터 **(22:28)으로 저기 그 송추에 있는 그 놀이공원 임채무가 운영하는 거기도 수없이 갔었잖아, 너 기억하지만. 그렇게 잘 키웠는데 어떻게 이거를….

○ 노을 : 그건 당신의 착각이야. 당신이 잘 키웠다고 생각하는 걸 나한테

강요하지 마.

○ 노을父 : 아니, 강요하는 게 아니라니까. 그 말이 틀린 거야. 아빠는 아빠대로 니 말대로 내리사랑을 했을 뿐이야. **(22:52)

○ 노을 : 내리사랑은커녕 나한테 관심조차 없었어.

○ 노을父 : 저거 봐, 그렇게 말을 하니까 할 말이 없어. 너는 왜냐하면 몸이 약하니까 건강하기를 바랐고 웃고 자라기를 바랐고 그런 것이지, 어떻게 그런 아이를 막 때리고 폭행하고 막 그러겠어, 욕하고 그러겠어. 아이고.

○ 노을 : 아니, 내가 5~6년간 잠을 못 잤어, 학생 때. 내가 불면증이 심했어. 근데 당신들 나한테 수면제 한 번 지어준 적 있어?

○ 노을父 : 수면제는 사람 죽이는 거야. 뇌를, 뇌세포를 죽이는 거야, 너 몰라서 그래.

○ 노을 : 아, 그런 뜻이 아니잖아. 수면 유도제든 수면제든 뭘 도와준 적이 없어.

○ 노을父 : 아니지, 지금….

○ 노을 : 당신은 내가 잠을 못 잤다는 사실조차 모르고 있다가 내가 성인이 돼서 "나 사실 학생 때 잠을 못 잤다." 그랬더니 "그랬어?" 이랬어. 엄청 무감각했어. 당신은 나한테 관심도 없어.

○ 노을父 : 아, 잠을 못 잔 지를 내가 어떻게, 중학교 고등학교 때 잠 못 자는 거를 아빠가 알아? 한방에서 안 잤는데.

○ 노을 : 내가 엄마한테 얘기했잖아.

○ 노을父 : 아이, 그래도 엄마는 '그랬어?' 그 정도지 뭐라고 하겠어, 안 그래? 응, 하여튼 예쁜 딸 마음은 충분히 알겠고,

○ 노을 : 아니, 아니, 그냥 이렇게 넘어가지 마. 내가 분명히 얘기를 했으면 보통

은 부모라면,

○ 노을父 : 아니, 아빠는 중요한 시간, 지금 10시에 들어가는데 어쩌라고.

○ 노을 : 내가 마음을 조금만 놓으면 가스라이팅하고 비판했어. 늘! 당신이! 그래서 내가 자존감이 많이 떨어졌어. 내가 증거가 있든 없든! 제출을….

○ 노을父 : 아니, 알았어. 그니까 니가….

○ 노을 : 아니, 들어봐. 제출을 한 이유가 내가 이렇게 사는 게 너무 고되고 힘들어서 제출을 한 거야. 아니, 자기랑 가장 가까운 가족이 내 말 좀 들어봐, 출근하기 전에! 자기랑 가장 가까워야 할 가족이 비난을 하고 비판을 하고 때리고 괴롭게 하는데 이게 뭐 살 수가 있어야지. 이게 사람이 사는 거야?

○ 노을父 : 아니, 너를 어떻게,

○ 노을 : 그렇게, 그렇게 폭언하지 마. 당신이라는 사람이 어떤 사람인지 나는 너무 잘 알아.

○ 노을父 : 아, 잘 아니까 아빠가 폭언한 적이 없다고. 내가 '이 쌍년아.'하고 욕한 적이 있어? '이년아 잘 해라.' 한 적이 있어?

○ 노을 : 욕하는 것만이 폭언이 아니야, 가스라이팅하는 거랑 깎아내리는 거랑 **(30:06) 방임, 방임 이런 것도 다 폭언이야.

○ 노을父 : 아니, 깎아내린 적이 없다고. 깎아내린 적이 없다고. 우리 딸 잘하고 있다고 얼마나 맨날 입이 다르도록 칭찬해.

○ 노을 : 아, 가식(30:13) 하지 마. 그러지 좀 마. 당신이 나를 얼마나 괴롭혔는데, 인정 좀 하자. 나도 지친다.

○ 노을父 : 그러면 뭣을 인정하라는 거야? 내가 시를 잘 쓴 것도 시를 지금까

지 내가 이사 오면서도 여기다 지금 보관한 이유는 뭐냐, 너무 우리 딸을 사랑하니까. 그 있는 그대로를 내가 받아들이니까. 그래서 언젠가 내가 '시집을 하나 만들자.' 그런 적도 있었잖아.

○ 노을 : 어, 내가, 그 말 잘 했다. 그 얘기 할라 그랬는데 내가 그것도 소장에 냈는데.

○ 노을父 : 응.

○ 노을 : 시집을 왜 당신 마음대로 만들어? 내가 쓴 거(30:48) 잖아.

○ 노을父 : 아니, 내가, 내 마음대로 왜 만들어.

○ 노을 : 아니, 들어봐, 들어봐. 내, 내 거잖아, 시는.

○ 노을父 : 니 거니까, 니 거니까 너하고 의논하고 만약에, 니가 그 정도로 재주가 있기 때문에 감성이 풍부하기 때문에 이렇게 좋은 시를 니가 참 쓰니까 얼마나 좋냐고 칭찬만 자자하게 했잖아. 그래서 먼 훗날 이게 모아지면 어, 너와 아빠같이 멋있는 시집을 만들어서 참….

○ 노을 : 너 그렇게 말 안 했고, 내가 니 말한 거 그대로 읊어줄게. 나한테 어느 날 전화해서 "노을이 넌 참 착해. 착한 아이야." 이러더니, 가스라이팅을 막 해대더니 나보고 착하기를 바라고 순종하라는 듯이 얘기를 하더니 갑자기 시집을 내겠대. "니가 초등학생 때 쓴 시들을 모아서 시집 낼 거야." 이랬지. 당신이 언제 내 동의하에 시집 낸다 그랬어. 당신 마음대로 낸다고 했어.

○ 노을父 : 야, 그러면 이건, 야, 딸아, 이건 상식적 아니야? 시집을 냈는데 아빠 마음대로 자료도 없이 어떻게 내냐? 니가 자료를 줘야 내지? 말도 안 되는 소리를 자꾸 이렇게 하면 그냥 언쟁만 길어져요. 그렇잖아.

○ 노을 : 아니, 그렇게 말하지 마. 나 당신이 말한 그대로 말했을 뿐이야. 내가

다른 뜻이 있어? 말한 그대로 말했어. 당신은 나한테 어떤 동의도 구하지 않았어.

○ 노을父 : 아니, 그게 말도 안 되는 소리를, 아빠가, 아빠가 그래도,

○ 노을 : 아니, 그런 것까지 내가 어떻게 생각해? 그런 것까지 배려해달라는 듯이 하지 마.

○ 노을父 : 아니, 배려해달라는 게 아니라니까. 자꾸 착각 속에서 살지 말아달라는 거지. 안타까워서 말하는 거지.

○ 노을 : 아니, 그딴 식으로, 지금도 깎아내리고 있어. 내가 언제 착각 속에서 살았어? 당신이 한 말 그대로 읊고 있어.

○ 노을父 : 지금 아빠가 폭언한 걸로 생각하고 살잖아.

○ 노을 : 아니, 폭언을 당했으니까 폭언을 당했다고 하지.

○ 노을父 : 아빠는 폭언한 적 없고 때린 적 없고 욕한 적 없어요. 다만 니가 그냥 아빠 탓으로 뭐….

○ 노을 : 그렇게, 그렇게 나를 인정하기 싫고 당신 잘못을 인정하기 싫다면 제발 자기 성찰 좀 해라. 자기가 어떤 사람인지 좀 그런 거 생각 좀 해. 그러면 답 나올 거 아니야. 당신이 못된 사람이고,

○ 노을父 : 아, 그려그려 알았다. 더 이상 뭐 1시간 통화해 봐도 소용없고 그러니까 그렇게 하자. 우리 딸 알았어, 알았어. 내가 생각 좀 해 볼게, 알았지? 응. 그렇게 하고 항상 건강하길 바란다잉?

○ 노을 : 아니, 지금 건강하게 생겼어?

○ 노을父 : 아니, 괜히 왜, 왜 괜히 시간 낭비하고 괜히 신경 쓰고 그러냐고.

그냥 앞으로 미래적으로 가기도 하루가 급하고.

○ 노을 : 이게, 이게 왜 시간 낭비하는 거야? 이게? 이게 다 얘기잖아. 이런 얘기가 있었을 거 아니야.

○ 노을父 : 아, 얘기인데, 얘기인데, 얘기인데, 딸아, 이게,

○ 노을 : 딸아 딸아, 하지 마라. 내 말 안 들을 거면.

○ 노을父 : 아니….

○ 노을 : 내 주장 다 꺾고 내 생각 다 꺾을 거면, 그냥 당신은 가해자야, 무조건.

○ 노을父 : 아니, 니 생각을 꺾는 게, 꺾는 게 아니라 니 말, 니 생각대로 하라고 내가 그러잖아. 꺾는 게 아니라니까.

○ 노을 : 아니, 마치 내가 착각하는 듯이 얘기 좀 하지 마. '당신은 잘못 없는데 내가 착각했다.' 이거는 뭐 내가 미친 사람이라는 거잖아.

○ 노을父 : 아니, 그게 아니고 아빠가 폭언했다, 때렸다, 말로 뭐 욕은 안 했지만 그 압박하는 것도 폭언이다, 뭐 이런 식으로 너는 가잖아, 끌고 가잖아. 근데 나는 그렇게 압박하면서 너를 내 그, 인형처럼….

○ 노을 : 내가 그 이유를 말해 줄게. 당신은 인정하기 싫은 거야.

○ 노을父 : 싫은 게 아니라 그런 적이 없으니까 없다고 말하는 거야.

○ 노을 : 아니면 까먹은 거지.

○ 노을父 : 아니, 까먹기는. 내 머리도 그래도 다 학교 다닐 때는 우등생 받고 머리가 좋은 애야, 아빠는. 절대 기억력도….

○ 노을 : 아니, 잘난 척하지 말고 나는 당신보다 더 좋아. 나는 아주 어렸을 때 7살 때 일도 기억해. 나 7살 때 당한 일도 기억한다고.

○ 노을父 : 아니, 그러니까 우리 딸 똑똑하고 내가 그런다고 문자도….

○ 노을 : 아니, 당신보다 더 똑똑해. 당신은 당신 자녀가 당신보다 똑똑한 걸 못 참지.

○ 노을父 : 아니, 그러니까 더 똑똑하다고 문자도 보냈잖아, 우리 딸은….

○ 노을 : 근데,

○ 노을父 : 응.

○ 노을 : 자, 상담사가 뭐라고 했는지 알아, 나한테?

○ 노을父 : 어.

○ 노을 : 당신은 못 들었겠지만 나한테만 한 얘기가 있어.

○ 노을父 : 뭐라고?

○ 노을 : 당신 엄마한테랑 당신 아내한테랑 뭐라고 했냐면 당신은 아무리 말을 해도 아주 바뀌기가 힘든 사람이라고 했어. 상담사가 나한테 당신을 어르고 달래고 아무리 야단을 쳐도 당신이 들어먹지를 않았다고 했어.

○ 노을父 : 어, 상담사가 언제 나한테 뭐라고 한 적도 없고 그런데. 저 상담만 했을 텐데.

○ 노을 : 아니, 상담을, 개인 상담을 하면서 당신 주장이 너무 말이 안 돼서 '딸 그런 식으로 대하지 말라.' 이런 식으로 어르고 달래고 꾸짖어도 보고 그랬다고 나한테 개인 상담 때 상담사가 나한테 따로 얘기해 줬다고.

○ 노을父 : 아니.

○ 노을 : 당신이 그렇게 안 바뀌는 유형이라고 나한테 얘기를 해 줬다고.

○ 노을父 : 왜냐면 아빠는 그래, 정의와 불의가 있다면 정의를, 정의 쪽으로

목숨을 버려도 나는 정의 쪽으로 가는 게 아빠의 성격이라고 보면 돼. 왜….

○노을 : 당신 딸을 학대하고 폭언하는 게 정의 쪽으로 가는 거야?

○노을 : 당신이 했던 모든 행동, 가족이 나한테 했던 모든 행동을 내가 다 기억해.

○노을父 : 아휴.

○노을 : 일곱, 7살 때 엄마한테 맨 처음에 폭언을 당한 게 내가 당한 폭언의 맨 처음 시작이었어.

○노을父 : 엄마가 무슨 폭언을 했는데?

○노을 : 엄마가 기억 못 해. 엄마는 자주 까먹어.

○노을父 : 하여튼 어, 우리 딸아, 어, 계속 논쟁해 봤자 하루도 짧아. 그러니까 또 이제 통화하기로 하고 엄마, 엄마가 지금 많이 아파.

○노을 : 아니, 당신 같으면 당신 같으면, 엄마가, 엄마가 아파야지. 딸을 그렇게 아프게 했는데 자기도 좀 아파봐야지, 잘 됐네.

○노을父 : 움직이지도 못 하고 뼈가 그냥 완전히 크게 다쳤어. 그래가지고….

○노을 : 그래서 어쩌라고. 벌받은 거지. 자기가 딸 때렸다고 폭언했다고 나 머리끄댕이 잡고 질질질 끌고 다닌 적이 두 번 있어, 엄마는.

○노을父 : 때린적도 압박한적도 없는데 왜? 저리 생각할까?

○노을 : 니가 때린 적이 왜 없어. 구둣발로 같이 차놓고서는. 그리고 니가 압박한 적이 왜 없어. 언제나 늘 학대해왔지.

○노을父 : 말도 안되는 소리.

○노을 : 아니지. 사람이 그렇게 기억한다면 그 기억이 존재하는거지. 당신이 잘 기억하지 않을 뿐이야.

○ 노을父 : 차세우니까 문열고 바로 집으로 뛰어들어가 놓고서는 그런 소리하네?

○ 노을 : 당신이 발로 얼굴을 걷어차니까 무서워서 집으로 뛰어들어갔지. 난 똑똑히 다 기억해. 그리고 그것 뿐이야? 온갖 정서적 학대.

○ 노을父 : 아빠는 낙성대 동사무소에 차 세우고 들어가니까 엄마품에 안겨서 숨었잖아? 때릴까봐서.

○ 노을 : 아니, 실제로 발로 찼지. 우리 기억을 똑바로 좀 하자.

○ 노을父 : 네가 구둣발로 운전하는 아빠 얼굴을 차고 손으로 얼굴 때리고 했잖아?

○ 노을 : 거짓말 또 하네. 이제 거짓말밖에 안 하네.

○ 노을父 : 아빠는 운전중에 너를 어떻게 구둣발로 차니? 상식밖에 이야기를 자꾸만 하고 있네.

○ 노을 : 차를 세우고 찼잖아. 집 앞에 다 와서 말이야. 난 당신이 한 말도 기억해.

○ 노을父 : 사당동 고가도로 위인데~

○ 노을 : "아빠를 감히 발로 차?" 당신은 내게 그랬어. 자꾸 거짓말 할래?

○ 노을父 : 차를 집앞에 세우자마자 너는 차 문열고 집으로 갔고

○ 노을 : 아니. 차 안에 우리는 잠시 있었어.

○ 노을父 : 아빠는 낙성대 동사무소 주차장에 대어놓고 집에 들어갔더니 엄마한테 숨었잖아? 엄마도 다 아는 사실인데.

○ 노을 : 엄마한테 숨었었지. 니가 사람이 아닌 짓을 하니까 숨었지. 그리고 당신은 집 앞에 잠시 차를 세우고 서로 쌍방폭행이 오고갔지. 엄마는 당신 편이야. 엄마는 한 번도 내 편이 되어 준 적이 없어.

당신들은 모두 한 패거리야. 당신은 내가 당신에게 맞춰주느라 내 인생에 집중 못한 거에 대해서 일언반구 말이 없어.

○ 노을父 : 우리딸의 생각이 늘 가슴속에 있어서 그래. 은호도 언니도 너를 얼마나 생각하는 줄 알아.

○ 노을 : 나를 생각한다면 모두 잘못을 인정하고 시인하자. 나는 당신에게 딸이었던 적이 없어. 나는 당신에게 늘 맞춰주려고 노력했지만 당신은 나를 어떻게 대했지. 감정 쓰레기통으로 대했잖아.

○ 노을父 : 어버이날에도 손자 손녀가 모두 와서 시간 함께했었고 한 아이는 6월 3일 군대에 입대해. 세월은 너무 빨리 가고 있지.

○ 노을 : 나는 당신이 아빠라고 칭하며 자신의 말에 순종하길 바라고 조종하는 그 모습이 너무 끔찍해.

○ 노을父 : 아빠는 우리딸이 순종하기를 단 한번도 바라지 않아요.

○ 노을 : 그러면 나는 충분히 정상적인 인간인데 어떻게 더 정상이 되라는거야? 당신이나 정신 차리시지.

○ 노을父 : 다만 정상적인 사고와 생활 속에서 행복했음 더 이상 안바래~~

○ 노을 : 지금 내가 미쳤다는거지? 너 때문에 불안해서 신림지구대에 경찰관 두 명 출동해서 현관문 비밀번호 바꾸었어. 경찰관 두 명. 2023년 11월에 출동하셨지.

○ 노을父 : 딸아! 언제 미쳤다고 한거니? 좀 아름다운 대화를 좀 하자꾸나.

○ 노을 : 너의 기분이 자주 바뀌기 일쑤인 모습과 기가 차도록 욱하는 성질이 다분한 모습에 나는 생명의 위협을 느껴서 경찰관을 부른거야.

○ 노을父 : 이게 착각이고 환시증상이고 망상적인 생각이지.

○ 노을 : 나는 착각도 아니고 환시증상도 없고 망상도 없으며, 거 봐. 나를 미친 사람으로 몰아가잖아. 당신이 가스라이팅 하고 있다는 증거지. 늘 당신 딸을 망상증상 갖고 있지도 않은데 미쳤다고 얘기하는 당신이 그러면 안전한 사람일까?

○ 노을父 : 경찰 불렀다는 게 증거 아닐까?

○ 노을 : 나보고 미쳤다고, 환각증세가 있다고 함부로 판단하는 아빠에 대해서 법원은 더 주목할거야. 나는 지금 어떠한 정신과약도 복용하지 않고 있다는 사실을 기억해.

○ 노을父 : 조현병 약은 평생 챙겨 먹는 게 중요하니까 잊지 말아줘.

○ 노을 : 당신이 의사도 아닌데 의사 지시 속에 평생이라는 단어가 있나? 어떤 의학적 지식도 없으면서 무슨 자격으로 평생 먹으라고 강요하지? 당신은 하나 잊고 있어. 당신은 의사가 아니야. 책은 책일 뿐이지.

○ 노을父 : 아빠가 아빠차로 정신병원에 입원시켰고 수시로 담당의사 이야기도 들었었지.

○ 노을 : 그러면 이제 알겠네. 내가 어린 시절부터 가정폭력 당했다고 의사에게 얘기했거든.

○ 노을父 : 사랑하는 딸아! 우리딸 어릴때부터 찍어놓은 사진첩이 많이 있어.

○ 노을 : 내가 억지로 웃으며 찍던 그 사진들?

○ 노을父 : 제주도에 가서 엄마 아빠 셋이서 말탄 사진 보내줄게.

○ 노을 : 더 이상 지금부터 내가 토로하는 모든 감정을 그대로 수용하지 않는 행동을 계속 보낸다면, 보인다면, 나는 당신을 가스라이팅 가해자로 신고할거고.

○ 노을父 : 내 생전에 부모한테도, 아무한테도, 안 맞았는데. 사랑하는 딸한테 맞는 것만 알지.

○ 노을 : 내가 그날 똑같이 서로 발로 찬 것도 난 알지. 부모한테도 누구한테도 안 맞았으니 그렇게 당신이 자녀를 방임하고 학대하고 고통스럽게 한 건가? 지금도 말이야.

○ 노을父 : 자식을 찬양해서 아빠가 이해득실을 얻는 것도 아닌데 그러겠어?

○ 노을 : 그 누구한테도 맞은 적도, 진 적도 없으니 딸을 이겨서 짓뭉개야만 자기 자신으로써 살아갈 수 있는 사람이구나, 당신은.

○ 노을父 : 사실을 말하고 있으니까 그대로 말한 것일 뿐인데. 우리딸하고 겨룰 생각은 추호도 없어.

○ 노을 : 당신이 나 어릴적에 자전거를 가르쳐 준적도 없고 늘 밥상머리에서는 침묵했고 나한테 아무 관심도 없었어. 전문 상담사 소견서로 그게 입증이 되었어.

○ 노을父 : 그런 사람은 또라이지?

○ 노을 : 당신들의 이분법적 사고가 딸을 얼마나 괴롭게 했는지 다 나와있어.

○ 노을父 : 증거사진 자료 다 있어.

○ 노을 : 어. 나도 증거사진 자료 다 있어.

○ 노을父 : 어릴때에 소오능에서 장난감 기차놀이 차 타고 놀던 모습! 우리딸 신나는 모습 다 있어.

○ 노을 : 그게 어떻게 증거사진이냐? 아이인데 부모 말 순종하는 게 당연하지. 무서워서 말이나 하겠어? 그게 몇 살땐데. 지금 내가 36살인데, 지금에 맞게 말을 해야지.

○ 노을父 : 어릴적 때를 딸이 이야기 하니까 그러지.

○ 노을 : 증거사진 자료로 그 어린 것을 내세우고 싶으면 그렇게 해. 근데 나는 당신이 내게 너무나 무관심했던 어릴때로밖에 기억이 안 나.

○ 노을父 : 지금이야 어엿한, 듬직한 우리딸이 되었지.

○ 노을 : 듬직하단 소리도 하지마. 토나와.

○ 노을父 : 중학교갈 때 고등학교갈 때 아침마다 차로 데려다주고

○ 노을 : 아까는 나보고 환시와 망상이 있다면서 의사 면허도 없는 사람이 자기 딸을 소위 미친 사람으로 몰아갈 때는 언제고 이제와서 듬직하다고 하네. 이렇게 자기 기분대로 대하는 게 정상은 아니잖아? 나는 국가에서 공인하는 민간 심리자격증이 있어. 당신이 나를 멋대로 판단하듯이 나도 당신을 멋대로 판단할게.

○ 노을父: 아까는 아빠 때문에 바쁜 경찰을 불렀노라 하니까 환시, 망상 때문에 그랬다했지.

○ 노을 : 경찰을 부르면 환시, 망상이 아니지. 폭력적인 폭언과 가스라이팅을 해대는 당신으로부터 나 자신을 보호하기 위해서 불렀다니까.

○ 노을父 : 지금은 어디 내어놓아도 똑똑하고 듬직해서 좋아.

○ 노을 : 이거 봐. 이거 완전. 들었다가 놨다가.

○ 노을父 : 생활력도 아주 강인하고.

○ 노을 : 사람을 힘들게 하네.

○ 노을父 : 다른 사람들은 다 못 믿어도 우리 작은 딸만은 아빠는 믿어. 아빠 닮은 꼴이 너무나 많거든.

○ 노을 : 나르시시스트의 특징 중에 또 한 가지, 자식을 자신의 연장선으로 재해석한다. 자식은 자식의 권리를 갖고 자신의 인격을 형성하는데 그것을 부정하고 부모의 연장선으로 보고 자기 자신과 닮았다고 말을 해.

○ 노을父 : 신발 벗는 배려하는 습관, 해산물 좋아하는 것, 시 쓰는 것 등등 참 많이 닮았거든.

○ 노을 : 나는 당신과 전혀 다른 사람이야. 다시 한 번 닮았다고 말을 해봐.

○ 노을父 : 사사건건 아빠가 시간 내서 처리해줬고. 지나간 시간들이 주마등처럼 떠오른다. 모든 게 아빠 탓으로 돌리는 우리딸이 안타까울 뿐이다.

○ 노을 : 안타깝다고. 너는 내 입장 좀 되어봐. 니 맘대로 생각하고 판단하고 심지어 내가 느끼는 느낌마저 조종하려고 한다는게 가당키나 하냐.

○ 노을父 : 아빠는 8남매로 태어나서 부모님 돌아가실 때까지 효도한 사람이다.

○ 노을 : 어쩌라고? 이 가해자야.

○ 노을父 : 옛날에는 사랑도 못 받았어요. 조상은 잘 섬겨야 인간의 도리를 다하는 것이기에.

○ 노을 : 왜 부모 대접 받으려고만 해? 언제 부모답게 해줬다고 그래? 너는 너밖에 모르는 사람이야. 조상 운운하면서 사람 환각증세나 있다고 하고 사람 바꾸려고 하고!!!! 니가 사람이라면! 제발 그러지 마. 자꾸 이야기 조종하지마.

○ 노을父 : 우리딸 생각이야.

○ 노을 : 니가 해야할 것은 사과와 인정밖에 없는거야.

○ 노을父 : 서울중앙지검에서 온 것도 인정할 수 없다고 기각처리했잖아.

○ 노을 : 그래, 참으로 자신감이 넘치겠구나? 이 가정폭력 학대범아! 참 좋겠어.

당신들이 지은 죄가, CCTV 영상이 없어서 기각 처리됐다니. 뻔뻔하구나.

○ 노을父 : 가정불화는 우리가 무슨 가정불화야?

○ 노을 : **(51:07). 아니, 가정불화가 있다면 있은 거지 내가 주장을 하는데 어떻게 없어지는 게 돼?

○ 노을父 : 아니, 저저 우리 같이 자란 쌍둥이는 치고받고 가정불화가 있을….

○ 노을 : 아니, **(51:18) 걔는 걔고 나는 나야.

○ 노을父 : 있을…. 같이 살아….

○ 노을 : 걔는 걔고 나는 나야. 걔랑 자꾸 그렇게 비교할래?

○ 노을父 : 아니, 비교가 아니라 재판관 앞에서,

○ 노을 : 아니, 걔는 걔고,

○ 노을父 : '같이 살아온 쌍둥이가 여기 있습니다. 그런데 가정 폭력,'

○ 노을 : 그럼 법관이 뭐라고 할까? '당신이 그렇게 아들만 두둔하고 딸 얘기는 전혀 안 듣는데 이게 정서적 폭행이 맞을 수도 있겠네요.' 이럴 수도 있지. 당신 말이 다 맞을 수는 없어.

○ 노을父 : 아니, 니가 가정불화 속에 폭행 속에 살아와서 내가 정서적 불안….

○ 노을 : 그리니까 내가 심리사 소견서 냈잖아. 심리상담사 소견서. 거기에 뭐라고 적혀 있니?

○ 노을父 : 그러니까….

○ 노을 : 내가 어렸을 때부터 가족의 도움이 없었고, 부모들이 굉장히 권위적이고 그래서 너무 힘들었다고 적혀 있잖아.

○ 노을父 : 권위적은 무슨 권위적이야? 뭐가 잘났다고 권위적이야. 부모로서 열

심히 벌어서 아들, 딸 교육시키고 자라게 해 주는 거, 그 돈이 얼마나 필요한데, 열심히 살았을 뿐이지 그게 권위적이야? 그게 권위적이냐고.

○ 노을 : 당신이 말한 거 다른 아빠들 다 해. 너무 당연한 거야.

○ 노을父 : 응, 알았어. 알았어. 당연한 거야, 그니깐….

○ 노을 : **(52:30) 않든가 잘 해 주고 ** 면은.

○ 노을父 : 어, 어, 엄마, 엄마 아빠는 손발이 닳도록 일한 것은 당연한 거고. 어, 니가 저기한 것은….

○ 노을 : 아니, 그럴 거면은 아이를 낳지 말든가 이렇게 자식 핑계 댈 거면.

○ 노을父 : 아니, 핑계가 아니라니까.

○ 노을 : 아니, 그러니, 어? 당신들이 해 줘야 하는 게 당연한 건데도,

○ 노을父 : 핑계가 아니라니까 내 말 들어봐. 핑계가 아니라 니가 잘못한 것을 폭언하고 폭행한 걸 인정하라고 지금 자꾸 요구하잖아. 그럴 수 없다고 단언을 하고 끊는 거야. 알았지? 어.

○ 노을 : 아, 내가 요구, 그 말 인정하게 해 줄게. 변호사 써서라도 내가 진실을 세상에 알릴게.

○ 노을父 : 어, 알았어. 변호사 많이 써, 돈 많이 들고잉?

○ 노을 : 아, 그딴 식으로 말하지 마. 당신이 아버지라면 그렇게 말해서 안 되지.

○ 노을父 : 아니, 아무리 좋은 길을 안내해도 안 따라오면 할 수 없어.

○ 노을 : 아니, 아니, 안내는 무슨. 당신이 뭔데 안내를 해? 내가 그랬지,

○ 노을父 : 왜냐하면, 왜냐하면 손을 끌고 물가는 갈 수가 있어. 그러나 물을 마시게는 못하는 거야.

"… …."

이종대의 비꼬는 말을 끝으로 통화는 종료되었습니다.

그의 말 돌려막기에, 심신이 다 지쳤습니다.

이런 가정에서 삼십 년을 살았었다니.

이 사람의 권위적이고 가르치려는 태도와,

방치 및 폭언과 폭행에 대한 혐의 부정, 그리고 아들을 언급하며

비교하는 저 태도에 질려서 더 이상의 통화가 어려웠습니다.

저를 망치고 망쳐서 납작한 캔이 될 때까지

짓밟아주는 이종대의 행동이 참 미웠습니다.

이 통화 내용을 가지고 저는 녹취록을 만들어,

심문기일에 제출하기로 했습니다.

그리고 가족상담 한 비용 270만원을

아빠 이종대에게 돌려주겠다고 문자를 했으나,

이종대에게서 아무런 답장이 없었습니다.

저는 한 마디 덧붙였습니다. 실제로 문자에 이렇게 썼습니다.

'나는 소중한 존재예요. 나는 사람이예요.

사람 대우 받고 싶고 귀중한 대우 받고 싶은 평범한, 그저 그런 사람입니다.'

아빠에게서는 여전히 대답이 없었습니다. 저는 동의만 해준다면 상담비용

270만원을 보내주겠다고 하고 문자를 종료한 후,

잠시 멍해져서 오랫동안 앉아서 이불만 바라보았습니다.

오늘은 5월 28일, 다음날은 피고 이종대의

접근금지 가처분에 대한 재판이 열리는 날이었습니다.

2024년 5월 29일,

피고 이종대의 접근금지 가처분에 대한 심문기일이 시작되었습니다.

2024 카합 26 접근금지 가처분

그러나 재판장을 찾아간 저는 당혹스러운 사실을 발견했습니다.

원래 있었어야 할 재판명과 원고, 피고의 이름 그리고 재판 시간이 기일과

다른 것이었습니다! 저는 여기저기 전화를 걸어보았고,

결국 법원의 판단으로 하루 전날 기일이 변경되고 화해권고 결정문이

새롭게 발송되어 보내졌다는 사실을 알게 되었습니다.

저는 집으로 돌아와 긴 잠을 청했습니다.

잠 속에서 꿈을 만나게 되었습니다.

방 안에 제가 누워있었고 주변엔 연기가 자욱했어요.

저는 어느 순간 훅 연기가 빨아지듯이 어느 공간에 도착했습니다.

"살았어야지."

신은 사십 대 정도로 보이는 여자였습니다.

그녀는 눈살을 찌푸리며 안타깝다는 표정을 지었습니다.

"살긴 뭘 살아요! 내가 나답지를 못 하는데 어떻게 살아요!"

저는 화내는 어투로 신에게 따졌습니다.

그러자 신이 이렇게 얘기합니다.

"그럼 정확히 14년 후에 보자."

저는 꿈에서 깨어났습니다.

14년 후에 나는 죽는 거구나.

이제 아무것도 두렵지 않습니다.

전 어차피 신에게 불려갈 거니까요.

2024년 5월 31일. 늦은 야근으로 아침부터

비몽사몽하고 있던 저에게 우편 집배원의 말소리가 들렸습니다.

"!"

저는 법원에서 등기가 왔냐고 물어봤습니다.

"네, 등기는 세 개예요."

서둘러 정자로 이름을 적고 등기를 받아 그 자리에서 뜯었습니다.

첫 번째 등기

결   정

손해배상(기)

이 사건을 조정에 회부한다.

이 사건은 조정이 필요하다고 인정되므로 민사조정법 제6조에 의하여 주문과 같이 결정한다.

두 번째 등기

결   정

접근금지 가처분

위 사건의 공평한 해결을 위하여 당사자의 이익, 그 밖의 모든 사정을 참작하여 다음과 같이 결정한다.

1. 채무자는 채권자의 의사에 반하여 채권자에게 접근하여서는 아니 된다.

2. 채무자는 채권자의 거주지로 전화를 걸어서는 아니 된다.

3. 채무자가 위 1, 2항의 명령을 위반할 경우 채무자는 위반행위 1회당 채권자에게 100,000원씩을 지급하라.

4. 채권자는 나머지 신청을 포기한다.

5. 소송비용은 각자 부담한다.

6. 채무자는 채권자의 거주지로 전화를 걸거나 채권자의 평온한 생활 및 업무를 방해해서는 아니 된다.

7. 채무자가 위 명령을 위반할 경우 채무자는 위반행위 1회당 채권자에게 300,000원씩을 지급하라.

신청원인

채권자와 채무자는 부녀관계인데, 채무자의 정서적인 폭행, 지속적인 가스라이팅 및 폭언으로 인해 채권자의 일상생활이 불가능할 정도에 이르게 되어 신청취지 기재와 같은 가처분 결정을 구함.

"!"

이제 2주일 이내에 피고가 원고에게 이의를 신청하지 않으면,

이 결정은 재판상 화해와 같은 효력을 가지며,

재판상 화해는 확정판결과 동일한 효력을 가졌다고 볼 수 있습니다.

오늘은 5월 31일, 약 2주 후 저는 아빠로부터 오는 폭언으로 인한,

더 이상의 모멸을 견디지 않아도 되는 사람,

악담을 듣지 않아도 되는 사람으로 다시 태어납니다.

나머지 하나의 등기는 접근금지 가처분에 대한 변경기일통지서였고,

이미 접근금지 가처분의 판결이 나왔으므로 필요 없는 서류였습니다.

이렇게 저는 스케이프고트에서 사람이 되었습니다.

'아까 그 꿈은 경고 아니었을까?

이제 나를 사랑하고 아껴주라는 경고의 꿈.'

#단절 그리고 새로운 시작

저는 해외로 여행을 가기로 했습니다.

어렸을 적에 미국 여행을 떠난 게 저의 첫 해외여행이었습니다.

그 날 이후 한 번도 해외여행 가본 적이 없었던 저는,

그렇게 속전속결로 해외여행 계획을 만들었고,

떠나는 날은 6월 20일로 정해졌습니다.

저는 지금의 이 과정 자체가,

그동안 그토록 바라왔던 결과이고,

사람답게 살기 위한 노력과 헌신으로

만들어 낸 기적이라고 믿기로 했습니다.

저는 더 이상 다음의 소송건에 대해 걱정하지 않기로 했습니다.

그냥 오롯이 나에게만 집중하는 시간들을 가져보자고,

너는 소중한 사람이라고.

'원래는 꽤 괜찮은 사람이 아니었을까?

나는.' 이렇게 생각하고 싶었습니다.

'그렇게 두 다리로 걷는 모든 길이, 다시 너만의 길이 되기를.'

보라카이. 서태평양을 건너 새로운 세상으로 도착했습니다.

#사랑하는 나에게

느낄 수 있어

너의 표정이 예전과 같지 않다는 걸

굳어진 너의 얼굴 위로

보름달이 환히,

알고 있었어

강아지같던 너의 모습이

어느새 안개가 되어

촉촉이 내리고 있었다는 걸

오늘은 여행을 가자

우린 여행에 두근거리는 설렘을 느꼈지

오늘은 너의 날이야

오늘은 아무도 너를 해칠 수 없는 날

웃고 즐기며 오늘 하루를 보내자

아무것도 염려하지 마

내가 너와 함께 해줄게

바닷 속 깊이 빠져볼까

헤엄치지 못 해도 상관없어

너의 두 다리와 팔이

너도 모르는 새에 움직일거야

저 멀리 보이는 하얀 빛으로 가보자

저기, 바다와 하늘이 만나는 수평선으로.

꿈결과도 같은 노랫소리에

귓가에 희미해져 가는 음악을 더듬다가

문득 나는 깨닫네

이토록 깊고 깊은 잠을 자고 있었음을

자, 이제 깨어날 시간이야!

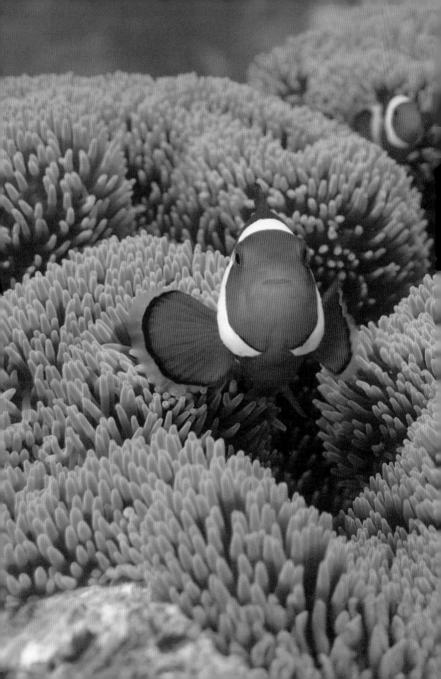

심리의 이야기

#반사회적 인격장애,
자기애성 인격장애

반사회적 인격장애(antisocial personality disorder), 소시오패스.

인구 백 명 중 네 명은 소시오패스라고 알려져 있어요.

저는 지금부터 소시오패스의 자녀들이 그들로부터 어떤 영향을 겪게 되는지

자세히 적어보려고 합니다. 읽어주시고 소시오패스 자녀들의 심정을 헤아려

주셨으면 합니다.

소시오패스의 자녀들은 자기 자신 고유의 성격과 권리를 가지면

안 된다는 것을 어린 시절부터 알게 됩니다.

부모의 성격은 대체로 엄격하고 예측할 수 없으며 자녀는 생존하기 위해

부모에게 아양을 떨거나 별난 행동을 하기도 합니다.

또는 소아 우울증을 겪거나 지나치게 얌전해지고, 표현력이 갈수록 줄어갑니다.

늘 부모의 자기중심적인 성격에 맞춰 살아가야만 하며,

자신의 모습대로 살아가는 것을 무의식적으로 또는 의식적으로

허락받지 못합니다.

이들은 부모에게서 느껴지는 냉담하고 무관심한 면에 상처받으며 자랍니다.

소시오패스 부모의 무관심이란 마치 차갑고 커다란 얼음 같습니다.

어쩌다가 주는 자녀에 대한 관심은

매우 기초적이고 일방적인 불편한 사랑일 뿐입니다.

자녀는 부모에게 마음 놓고 투정을 부리거나 까불기는커녕,

예측불허한 부모에게 긴장을 늦출 수 없습니다.

두려움에 떨며 얼른 성인이 되어 주체적인 삶을 살게 되기를 바랍니다.

하지만 성인이 되면 더한 지옥이 기다리고 있죠.

주체성을 무시당하고,

조종받고 판단 받으며, 개성적이게 굴면 학대당하고

폭언과 비판이 끊이지 않습니다.

연인을 만들어도 주체성을 억압당했던 기억 때문에

또 다른 폭력 속에 살기가 쉽고, 순탄하게 교우관계를

유지하기에 곤란이 따릅니다.

이러한 상황 자체가 자신이 마음대로 살지 못하고 있다,

라는 의미인 것을 학대 당하는 입장에서는 너무 잘 알고 있어서

좌지우지 당하는 무력한 자신의 모습에서 헤어나오려고 발버둥을 치고,

때로는 학대자와 싸우려 하거나 절망감에 빠집니다.

소시오패스는 자녀를 하나의 인격체로 바라보지 않고,

소유물로 바라보므로 아무리 뭔가를 잘 해내도

진심 어린 칭찬을 할 줄 모릅니다.

그냥 그건 모두 본인의 덕분이고, 본인을 '닮아서' 자녀가 잘 해낸 거라고

생각해서, 자녀가 이룬 성과를 본인의 공으로 생각해 버립니다.

그 안에서 자녀는 한 사람으로써의 존엄성을 잃게 되고,

부모에게 항상 사랑받지 못 한다는 사실을 결국 자각해 버립니다.

자신의 세계가 있는 그대로 존중받고 싶다는 생각으로 가득 차지만,

여전히 이용만 당하는 스스로의 모습에 포기와 좌절을 끊임없이

경험하면서 무색무취의 인간이 됩니다.

아무리 발버둥을 쳐도 좁은 병 안에 갇혀 있는 벼룩이 된 자신의 신세에

허탈할 뿐입니다. 시간은 흐르고 나는 자랐는데, 아무것도 내 마음대로 하지

못한다는 무력감에 빠집니다. 이 굴레가 계속 되풀이된다고 보시면 됩니다.

여기서 의문이 생기실텐데,

왜 소시오패스 자녀는 주변인에게 도움을 청하지 않는지.

왜 그토록 힘들었을텐데 자신의 이야기를 하지 않았는지 궁금하실 것입니다.

이유는, 자신의 이야기를 해도 소용이 없다는 것을 알고 있기 때문입니다.

상대방에게 어떻게 자신의 처지를 완벽하게 이해시킬 수 있을까

아무리 고민해도 답이 없기 때문입니다.

항상 도망자, 피해자로 살아왔기 때문에 자신의 이야기를 솔직하게

전달하는 것에 대한 어려움이 있는 소시오패스의 자녀는 주변인에게

오해받는 모든 상황 속에서도 자신을 제대로 설명하는 것이

어렵다고 생각합니다.

부모가 소시오패스라고 생각되신다면

성인이 되시자마자 독립하시길 바랍니다.

저는 이들에게 도움받은 것을 후회하고는 합니다.

대학 등록금이 걱정이세요?

아르바이트해서 버시는 게 낫습니다. 대출을 받으셔도 되고요.

대학 등록금 대출상품들이 잘 나와 있습니다.

여러분이 저처럼 소시오패스의 자녀라면,

늘 소시오패스 부모를 배려해줘야 한다는 마음과 나답게

살고 싶다는 마음 가운데서 갈등을 겪은 경험이 있으실 것입니다.

나중에 소시오패스 부모의 태도가

"너한테 최선을 다 했는데 어떻게 그걸 몰라주냐."

라는 식으로 나온다면 여러분은 억울한데 그걸 증명할 길은 없고,

마땅히 받아야 할 존중을 못 받았다는

생각에 계속 정신이 흔들릴 것입니다.

이런 생각을 건강하게 표현하지

못 하면 심각한 우울증이 찾아올 수 있습니다.

"내 부모는 나를 사랑하지 않아."

라는 사실을 직시하고 평생 자각하고 살아야 합니다.

그게 소시오패스 자녀가 가진 운명입니다.

여러분이 골든차일드가 아닌 스케이프고트 역할의 자녀라면 더욱 그렇겠죠.

사실 골든차일드인 자녀들도

언제 깨질지 모를 평화 속에서 살아가고 있는 존재입니다.

소시오패스의 사랑은 진짜가 아니고 가짜이니까요.

세상에는 나쁜 사람들이 많습니다.

그런데 부모까지 나쁜 사람입니다.

매일 보거나 대화하는 사람이 못돼먹었습니다.

부모에게 상처받고,

자존감이 떨어지고,

다시 사람에게 상처받습니다.

그래도 그럭저럭 평범하게 살아가기 위해 매일매일

자신의 수많은 두려움과 걱정과 싸우면서 생존합니다.

자기애성 인격장애(narcissistic personality disorder), 나르시시스트.

자기 자신을 극도로 사랑하는 이기주의자.

나르시시스트에 대한 이야기는

유튜브와 책을 통해서 세상에 많이 알려졌습니다.

제 과거의 이야기로 그들의 성향을 테스트 해보세요.

저와 비슷한 패턴의 이야기를 가지고 계신다면,

여러분이 보호자라고 믿어 의심치 않았던

부모들 또는 가족들이 이와 같은 정신장애를 앓고 있다는 것입니다.

나르시시스트의 종류는

내현적 나르시시스트, 외현적 나르시시스트,

악성 나르시시스트(소시오패스), 독선적 나르시시스트,

관종 나르시시스트 등 종류가 다양합니다.

나르시시스트에도

이렇게 여러 종류가 있어 조금씩 성격이 다 다르나,

가장 중요한 것은 어떤 나르시시스트이든

여러분을 해치게 두어서는 안 된다는 것입니다.

흔히, 나르시시스트에게 당하는 분들은 저처럼 착하고,

세상과 사람에 대해 열린 마음을 갖고 있다고 알려져 있습니다.

공감 능력이 뛰어난 에코이스트(echoist)이신 분들이 많습니다.

저는 직장 내에서도 나르시시스트를 잘 만나게 되는 편입니다.

이럴 때는 나르시시스트에게

의견과 생각을 뚜렷하게 피력하는 것이 중요합니다.

저는 에코이스트이신 분들이 요령껏 자신을 보호하시면 좋겠지만,

한 번 학대를 당해 본 경험이 있으시다면

그걸 극복하는 게 어렵다는 것을 압니다.

굳이 불편한 인간관계를 만들면서 감정적으로

희생당하며 사는 것은 에코이스트이신 분들에게 너무 아까운 시간입니다.

부모가 나르시시스트라면, 대들면 맞으니까, 또 폭언을 들으니까

티도 못 내고 조용히 참고 넘어가려는 마음을 가진 분들이 계신데,

이게 자신을 얼마나 무너지게 하는지 저는 겪어봐서 알고 있습니다.

결론적으로 저는 부모 소시오패스,

부모 나르시시스트, 타인 나르시시스트에게서 벗어나는 방법은

이들과의 관계를 최소화하는 것밖에 없다고 생각합니다.

그들의 생각과 감정의 상태는 일반적인 사람과는 다르기 때문에,

설득도 대화도 되지 않아요.

상대방이 연락하면 말을 섞지 마세요.

끌려다니기 전에 차단해 버리세요.

관계를 이렇게 겨우겨우 어거지로 끊어놔도,

후유증이 심각할 것이고, 이 후유증을 이겨내기 위해서

새로운 삶을 살러 해외로 떠나시는 분도 계셨습니다.

피해자들은 자신이 어떤 사람인지 모르게 된 상태를 오랫동안 유지합니다.

그냥 이유없이 온 몸이 나른하고 우울하죠.

처음에는 학대당하는 줄도 모르고 속아옵니다.

남들과 소통 할 자유도 빼앗긴 채, 나르시시스트의

세계 안에 갇혀 마음대로 움직이지 못 하는 것입니다.

정신 세계마저도 속박되어 자유롭게 사고할 줄 모릅니다.

나중에는 한없이 투명해져서 자신의

감정조차 소중히 하지 못 하게 되어버립니다.

나이와는 별개로,

주체적으로 살아가는 방법을 모르게 되는 것입니다.

그저 물 흘러가듯이, 어제가 오늘 같고 오늘이

어제 같은 무미건조한 하루를 보내게 되는 것이죠.

어떤 의욕도 느껴지지 않는 그런 단계가 찾아옵니다.

그 단계까지 오게 되면 자신을 치유할 이유를 만드는 게 중요합니다.

명심하십시오. 여러분은 굉장히 솔직하고 어른스러운 사람이었습니다.

누구나 자신의 가치를 인정받으면 제자리로 돌아갑니다.

마음 가는대로 한 번 행동해 보시는 게 좋지 않을까요?

정처 없이 떠돌아다녀도 좋습니다.

집에서 그림을 그려도 좋고,

저는 노래를 분석하는 것이 큰 도움이 되었습니다.

그러나, 사람마다 성향이 다 달라서 상담을 받는 것을 통해서

치유를 하시는 분들도 많이 계시고, 내 인생을 다시 잘 살아야겠다고

다짐하시는 계기가 될지도 모릅니다.

나의 내면 속을 깊게 들여다 보세요. 남들 시선 따위는 절대 신경쓰지 마세요.

내가 뭐가 하고 싶은지, 남들에게 어떻게 보여지고 싶은지,

어떻게 행동하고 싶은지를 결정하시고,

자신의 감정에 귀 기울이는 연습부터 해보시면 좋겠습니다.

#플라잉 몽키와 나르시시스트의 관계

플라잉 몽키와 나르시시스트의 관계에 대해 알고 계신가요?

플라잉 몽키(Flying Monkeys).

저의 엄마가 맡은 역할은 플라잉 몽키(Flying Monkeys)입니다.

아빠가 방임에 정서적 학대를 일삼아오던 나르시시스트였다면,

이를 동조하고 학대와 같은 행동을 방관하거나 나르시시스트의 학대

행위에 일조하는 역할을 하는 사람을, 심리학적 용어로 플라잉 몽키라고 부릅니다.

대체로 나르시시스트와 플라잉 몽키의 관계는 매우 견고해서, 일반적인 상식의

범위와는 좀 다른 그들만의 세계가 존재합니다.

그 특이한 세계를 가진 둘만의 역할 속으로

자녀는 절대 끼어들 수 없으며, 자녀와의 관계가 피상적이기를 바라는

나르시시스트는 그 견고한 벽을 무너뜨리려고 하지 않습니다.

그래서 부모가 나르시시스트와 플라잉 몽키인 경우,

자녀는 학대를 지속적으로 당해옵니다. 부모라고 불리는 가해자들에게

끊임없이 그러지 말아 달라고 호소해도, 그들은 들어주지 않습니다.

애초에 희생양으로 태어난 자녀이기 때문입니다.

자녀는 그들의 모습에 미칩니다.

어쩐지 아빠는 늘 엄마를 깊이 이해해주고 배려해주더군요.

자신을 돕는 조력자라는 것을 아주 잘 알고 있었던 것입니다.

제가 첫 직장을 다니다 퇴사하고 방송국에 새로 입사를 하고 나서,

다음과 같은 이야기를 아빠에게 들었습니다.

평소엔 말도 걸어주지 않으면서, 한다는 말은 고작

"니가 옷을 안 샀으면 벌써 삼천만원은 모았지.", "아빠에게 감히 대들어?",

제 얘기를 하면 대화의 주제가 금방 본인의 얘기로 바뀌었고,

하도 가스라이팅을 당해 지쳐서 어쩌다가 불만을 얘기하려고 하면

"조용히 해. 지금 밥 먹잖아."라고 말했습니다.

질책과 비판만이 오갔고, 대화의 주제를 멋대로 바꿔버리고

자녀를 이용했으며, 자녀의 인격에 대해 지켜주는 선이 없었고,

권위로 누르려는 것에 제가 반항하자 욱하는 거 외에는

다른 어떤 이야기도 오간 적이 없습니다.

저는 성인임에도 제가 어린아이 취급을 받는 느낌이 들었습니다.

다른 일반적인 가족처럼 평범한 말투로 평범하게 이야기를

서로 나눈다거나, 정상적인 대화를 한다거나 하는 사람이 없었고,

부모와 건강하지 못하고 피상적인 관계만을 지속해 왔습니다.

이는 다른 형제, 자매와의 관계에서도 을의 역할만 맡게 되는

결과를 불러왔고, 아빠는 이에 대해 늘 부정하며

'우리 가족은 행복하다.'고 주문을 외우는 것 같았습니다.

부모는 서로의 편을 들며 "아빠가 나쁜 사람은 아니잖아.",

"니가 이해해야지."

등 온갖 가스라이팅과 현실 부정을 하며 그들만의 세계를 이어나갔습니다.

갈수록 이들의 관계는 더욱 더 견고해집니다.

그런 상황에서 혼자 견디는 것은 정말 힘든 일입니다.

이런 상황을 겪어보지 않은 일반 사람들은 잘 이해하지 못합니다.

설명하기도 쉽지 않습니다. 그래서 아마 저처럼,

여러분께서도 더더욱 털어놓을 곳이 부재했을 것입니다.

여러분이 이런 관계 속 자녀라면 독립해서 나가는 것이 현명한 선택입니다.

직장을 빨리 선택해서 교류를 중단하고 떨어져 살아야 합니다.

이들은 자기 자신을 변화시켜야 할 이유를 스스로 찾지 못합니다.

나르시시스트는 자녀를 자신의 연장선으로 삼습니다.

"너는 나를 닮았어.", "방송국에 다시 들어가는 것이 어때? 조언이지."

같은 제가 들은 말들은, 나르시시스트들이 흔하게 사용하는 '영향력 행사하기'입니다. 세뇌와 조종으로 일방적인 명령 체계를 만드는 것을 시도하는 것입니다.

현실감각 없고 멋대로 판단하고 말하는 조언은 상대방에게 부정적인 영향을 미치며, 이런 행동을 지속적으로 함으로써 자신의 마음대로 움직여주는 자녀를 통해 대리만족을 느낍니다.

플라잉 몽키는 이러한 나르시시스트의 철학을 유지시켜주며, 이들의 마음에 들게 행동하려고 하는 경향이 있습니다. 그래서 피해자가 되는 자녀까지 함께 세뇌되기를 원하는 듯한 모습을 보일 수 있습니다.

자녀는 평생 자신의 감정을 숨긴 채 살아갑니다.

아무리 그만하라고 해도 지속적으로 같은 말을 반복해서 듣는다면, 지금 여러분은 가스라이팅을 당하고 있는 것이며, 가스라이팅을 하는 가스라이터를 가족이라고 생각하고 다시 받아들인다면 이들은 여러분의 희생을 당연하게 여기고 또 다시 영혼 한 조각까지 탈탈 털어 이용할 것입니다.

#피해자가
어떤 상황에서도 강해지는 방법

1. 소통이 잘 안 될 시에는 잘못된 원인을 나에게서 찾지 말 것

당신은 소중한 사람입니다. 원래 사람은 타고나길 선하다고 믿습니다.

다른 사람에게서 영향을 받으면, 변화할 수 있다고 생각합니다.

원래 내가 힘들면 다른 사람들 사는 게 눈에 보이지 않아요.

힘들어서 배려하지 못 하는 것뿐이지,

원래 당신도 남을 배려할 줄 알았던 그런 사람입니다.

타인과의 조화에 즐거워하고, 집중했습니다.

그런 당신이 잘못된 원인을 먼저 자신에게서 찾아보려 한다면,

타인의 입장에서 한 번 생각해 볼 줄 아는, 그런 사람일 것입니다.

이 경우, 상대방도 사람을 자신과 동등하게

생각하고 배려해주는 사람이어야 합니다.

그렇지 않은 상대라면 지금쯤 당신에게 저지른 일 자체를 까맣게 잊고 있거나,

혹은 당신을 지적하며 탓을 할 수 있습니다.

잘못의 원인을 스스로에게서 찾는 행동은

상대방도 인애의 마음이 있을 때 하는 것입니다.

2. 오해받는 것을 무시하기

이건 제가 잘 쓰는 저만의 규칙입니다.

사실 저는 지금까지 수많은 오해를 받아 왔습니다.

하늘 보고 있는데 왜 사람을 봐도 인사를 안 하냐는 등,

나쁜 뜻으로 얘기한 의도가 아니었는데 완전히 나쁜 뜻으로

받아들이는 사람이 있었는가 하면,

아무것도 안 했는데 괴롭히는 사람들이 있었습니다.

그런 상황은 굉장히 답답하잖아요.

가정에서 학대당하는 사람은 감정적으로 편안하지 못 하고

불안정한 부분이 분명히 어느정도 노출이 된다고 생각합니다.

이와 같은 환경적인 부분이 미치는 영향은 굉장히 거대해서,

사회에서의 소통 불찰과 오해로 이어지기도 하고,

또 대한민국과 같은 유교적인 성격이 강한 국가들은 더 심하고요.

피해자를 보호해주는 게 아니라 공격으로 다가올 때가 더 많습니다.

예를 들어서 유명 연예인의 자살 사건 등이 포함되죠.

이렇게 때로는 악담과 루머를 몰고 오기도 합니다.

그냥 남들에게 받는 오해 자체를 무시하세요.

진실은 숨길 수 없습니다.

저는 무신론자이지만, 하늘은 다 안다고 생각합니다.

3. 마음대로 나를 판단한다면 그러지 말아 달라고 쐐기 박기

마음대로 판단을 받는 것이 얼마나 힘든 일인지 아시죠?

가해자가 주로 가스라이팅 할 때 쓰는 수법입니다.

비단 가해자가 아니더라도 생각이

좀 짧은 분들이 마음대로 남을 판단해 버리죠.

일단 그러지 말라고 강한 어조로,

때로는 문자로 말씀하세요.

녹취, 문자 내역 되도록 남기세요.

나중에 반박하면 보여주시면서 따지시길.

(물론 결말은 피하거나 싸우거나 둘 중 하나일 것입니다.)

4. 견디기만 하지 마시고 반드시 언론사에 제보하기

유튜브에 언론사에 제보하는 법,

잘 나와 있습니다.

제보하는 것은 형사 처벌의 대상이 되지 않으니,

억울한 일을 당했을 때

미디어를 이용하시기 바랍니다.

마음의 이야기

#나는 가족이 없어요

세상에서 가장 소외된 사람은,

가족이 있으나 연락할 수 없는 사람들일 것입니다.

저도 이런 사람에 속하는데요.

저와 같은 사람에게 가장 잔인한 질문은 이런 질문입니다.

"가족과의 문제를 잊으면 되잖아. 인연 끊었다면서, 왜 계속 힘들어 해?"

모르시는 말씀. 글쎄요, 과연 그럴까요? 사람들은 종종 과거를 생각하곤 합니다.

자연스럽게 떠오를 때도 있고, 잊고 싶으나 어느 날 갑자기 떠오르기도 합니다.

그래서 불협화음이 일어났던 가정사를 평생 잊고 산다는 건 불가능합니다.

잊고 살다가도 어느 날 문득, "아빠는, 엄마는, 왜 그랬지? 그럴 수밖에 없었나?"

이렇게 되새겨지는 순간이 있기 때문입니다.

어쩌면 누군가에게 가족에 대한 문제는

당사자가 죽을 때까지 미해결 상태인 것입니다.

그러니까, "그냥 가족을 잊어버려. 네 인생 살아가면 되잖아."

라는 말씀은 매우 어려운 말씀입니다.

상대방의 입장이 되어보지 않고 하는 뻔하디 뻔한 말이기도 합니다.

저는 이 책을 통해 저와 같은

소외된 사람들의 입장을 대변하는 글을 쓰고 싶었습니다.

조그마한 배려가 필요합니다.

상처를 받은 그 상태 그대로 살면 평범하지 않은 것이 될까요?

무언가 잘못된 것일까요? 그리고,

우리들의 이야기가 잊혀져야만 하나요?

많은 분들이 따뜻한 가족의 이야기,

뭔가 뭉클하게 다가오는 감동적인 사연에 더 관심을 가지지만,

사실 저는 말하고 싶습니다. 가족이 없이 사는 사람들의 이야기를요.

가족보다는 취미에 열중하고, 혼자 있는 시간이 더 많은,

이웃과의 관계 맺는 것조차 쉽지 않은 철저하게

외면당한 사람들의 이야기를요.

지방에서 혼자 올라와 서울 생활하며 애쓰는 친구들의 이야기,

남편에게 가정 폭력을 당하고 있는 여성분의 이야기,

독거 노인처럼 고독하게 생활하는 어느 삼십 대의 이야기,

아직도 고시원에서 매일을 보내는 돈 없는 청춘들의 이야기,

그 안에서도 행복을 찾는 사람들의 평범한 이야기와,

남들에게 말 못할 문제들을 안고 사는 심장이 작아진 사람들의 이야기를.

사람들은 비단 한 면만 보고 그 사람의 성격, 배경, 지식 등을 평가하는데,

사실 한 사람의 기본 바탕에는 다중적인 면이 모두 포함되어 있습니다.

그래서 2D로 보았을 때 정사각형에 불과한 도형도 3D로 보게 되면

정육면체인 주사위 형태를 띠고 있는 것처럼, 한 사람의 내면 속에는

다양한 성격이 있는 것입니다. 다만 사회생활을 하기 위한 처세로 인하여

성격의 모든 면이 보이지 않는 것이죠.

저도, 가족관계를 바꾸기 위해서 가족 상담 공부도 하고, 그림책 미술상담사

자격증도 따면서 수많은 방식으로 소통하고자 노력했던 시절이 있었습니다.

하지만 피나는 노력의 결과는 가족의 부재였고,

그렇게 '가족관계'라는 문제는 저에게 의문만을 남긴 채

저는 세상 속에 덩그러니 남겨졌습니다.

마찬가지로, 아마 수많은 사람들이 가족과의 소통이 원활하게 되지 않아

상담센터도 가 보고, 정신과 약도 먹어가며 가족관계 속에서

부딪치고 아파하고 있을 것입니다.

그 사람들의 자리는 어디일까요?

우리가 그분들의 자리에 관심이 있었을까요?

사실은, 상대방이 어떤 인생을 살아왔는지 모두 알 필요는 없습니다.

살기도 바쁜데 가족도 아니고, 심지어 남인데 얼마나 더 알아줘야 하겠습니까?

다만, 작은 배려와 예의를 지키는 것으로 불필요한 오해와 싸움을 피할 수 있고,

이해하고 인정해 줄 수 있으며, 나아가 나 그리고 상대방의 사이가 진심으로

가까워지는데 큰 역할을 할 수 있습니다.

비단 가정 문제에 대해서만 국한할 게 아니라,

저는 좀 더 이기심을 버리는 사회가 되었으면 좋겠습니다.

사회에 만연한 이기심과 개인주의는 마치, 사람은 '어떤 상처와 아픔을 가지고

있든지간에' 살아야 해, 라고 말하는 듯 합니다. 그럴수록 사람들은 각자

더 외로운 길을 택하고 있다는 것을, 누군가는 더욱 알려야 한다고 생각합니다.

가끔씩은 투명한 유리알처럼 상대방을 있는 그대로 바라봐 주세요.

보이는 겉모습으로 판단하지 마세요.

좀 더 애정이 가득한 사회를 꿈꿔봅니다. 사실 모두가 바라는 세상 아닐까요?

#행복으로 가는 출구

사람의 인생사가 원하는대로 잘 풀리지 않고,

불행한 삶을 살다보면 무엇에 관심이 가는지 아십니까?

바로 인권입니다. 나의 인권을 인정받고 싶고,

다른 사람들의 인권까지도 인정해주는

그런 사회가 오기를 꿈꾸게 됩니다.

어려운 건 아닙니다. 생각보다 절대 어렵지 않습니다.

그래서 저는 '일반적으로 사람이 가장 행복할 수 있는 여건'에

대해서 시간 날 때마다 고찰을 하는 편입니다.

얼마 전에 폴란드의 임신중지 활동가인

유스티나와의 대담회에 참석했었습니다.

유스티나는 임신중지에 대한 모든 자유는 여성에게 있는 것이지,

국가가 함부로 여성의 인권을 억압하는 것은 문제라고 얘기했습니다.

그리고 한국과 폴란드와의 문화적 차이에 대한 얘기를 해주었습니다.

한국과 폴란드가 사람의 인권에 대해 생각하는 방식이 다른데,

자신은 아직까지 한국 문화로 바라보는 인권,

그 부분에 대해 이해가 잘 되지 않는다고 말씀을 하시더군요.

유스티나가 사는 곳은 인구 팔만 명의 소도시라고 합니다.

그런데 그 곳에서 전에는 볼 수 없던,

임신중지를 주제로 한 대규모 시위가 벌어졌다고 합니다.

그 시위를 이끈 사람들은 십대의 어린 학생들이었다고

유스티나는 강한 어조로 얘기했습니다.

저는 유스티나의 이야기를 들으며 십대에게 주어지는 주체적인 삶에 대해

부러웠고, 인권에 대한 많은 사람들의 참여가, 폴란드 사회에서는

너무도 당연한 것이구나 하는 생각이 들어 참 다행이라고 생각되었습니다.

비단 임신중지 활동 뿐만 아니라 성소수자, 노인 우울증, 일자리 없는 청년들,

탈북민들의 인권 등 다양한 인권 문제에 저는 관심을 가지고 있었으며,

얘기를 듣는 내내 우리나라의 문화도 바뀌어야 한다고

외치고 싶은 마음이었습니다.

어느 날 티비를 보다가, 인권에 대한 이야기가 나오길래 주의 깊게 시청했습니다.

어떤 나라에서는 살인을 당하거나 폭행 피해를 입은 피해자 가족이

옆집에서 살고 있으면, 그 옆에 사는 이웃 사람들은 피해자 분과

피해자의 가족을 찾아가 위로의 인사를 건넨다고 합니다.

그런데 한국은 "왜 내 옆에서 이런 일이 벌어져서는,

재수 없네, 옆집에서 못 살겠으니 이사가야겠다."

고 말을 하시는 분들이 많다고 하시더라구요.

이건 비단 한국의 문제라고 단정할 수는 없지만, 제가 느끼기에 한국의 정서는,

위에 말씀드린 문화를 가지고 있지는 못한 것 같습니다.

그래서 아쉬운대로 저부터라도 인권에 대해 세상과 계속 타협하고자 합니다.

저는 그저 대담회에 참석하는 정도로 만족해야 했지만,

이런 문제는 문화적인 차이도 더불어, 기본적으로 사회에

만연한 인권 경시에 대한 것이 아닐까 생각이 들었습니다.

인권의 문제 중 하나로 대두되는 가정폭력에 대해서도,

주변인들에게 얘기를 편안하게 나누는 것이

가능한 시대가 되었으면 좋겠습니다.

물론 한국도 다른 서구권의 나라들처럼

무조건 바뀌어야 한다는 것은 아닙니다.

피해자의 모든 괴로움을 다 받아달라는 말도 아닙니다,

그저, 이웃으로써 따뜻한 마음으로 대화를

나누는 그런 모습이 필요하다고 말씀드리고 싶습니다.

한 개인의 어려움을 쉬쉬하지 않는 분위기,

누구 하나 피해자를 소외시키지 않는 그런 사회로 바꾸어 나가려는 것이

여전히 어려운 문제라는 것을 저는 알지만,

어쩌면 그런 한계에 계속 부딪치는 것도 괜찮은 삶이라고 생각하게 됩니다.

그래서 저는 여러분의 관심사에 인권이 포함되기를 바랍니다.

늘 가까이 이 문제를 생각하시고,

남의 일만이 아닌 나의 일이라고 생각하시면 참 좋겠습니다.

적어도 우리가 사는 세상이 편안하고 따스한 세상이 되도록 말이죠.

#나는 어쩌면
이 모든 과정에 끝은 있다고 생각해

나는 종종 언젠가 삶은 단일한 색깔로 끝나지 않을까 우려해.

모든 것은 이름이 있어,

허결한 부분이 있어.

너도, 나도. 우리 완벽할 필요 있어?

어쩌면 모든 것에는 끝이 있다고 생각해.

네가 잘 나가는 사람이 되고 싶어하는 것과

나도 잘 나가는 사람이 되고 싶어하는 것을

결국에 이 세상은 하나이고

우리는 그저 이 세상에 존재하며

세상에서 역할을 가진 다채로운 사람들.

네가 느낀 감정을 별처럼 쏘아 올리자

나는 나의 감정도 별처럼 쏘아 올릴게

운명의 끝이 저기 저 멀리서 보이니까

나는 혼자이고 너도 혼자이지만

나는 네 고독함이 강인해 보여

그 고독함 속에서 살아가는 너는

언젠가 안식의 섬으로 도착하는 거야

상처에 연고를 바르자

그리고 데일밴드를 붙이자

나는 어쩌면 이 모든 과정에 끝은 있다고 생각해

나의 경험이 다양해지기를 바랄게

너에게 조금 더 많은 것을 전달할 수 있도록

나는 우리가 지치지 않고 타오르는 불이 되었으면 좋겠어

저 크리스마스 트리 아래에서, 벽난로를 통해서

주변 사람들이 우리를 통해 몸이 데워질 때

우리는 우리의 필요 가치를 느껴

어쩌면 우리에게 필요한 건 사람의 마음인지도 몰라

모든 시간 속에서 의미를 찾아가는 너와 나

이 모든 과정에 끝은 아름답고 존엄한 너라고

절대 이유 없이 만들어지지는 않았을 거라고,

문 앞에 도착하게 되면 우린 알게 될 거라고

#감수성 풍부한
'우리'에게 주고 싶은 용기 한 스푼

저는 2년 동안 한 후원 단체에서

운영하는 후원 관련 인바운드 전화 업무를 해왔습니다.

매주 토요일마다 일 해왔는데,

먼저 일터에 가면 오늘 후원 신청한 아이의 사연이 적힌

용지를 한 장씩 나누어줍니다.

그러면 일을 시작하기 전에 각자

그 내용을 읽으며 미리 예습하는 시간을 가지지요.

저는 그 용지의 내용을 볼 때마다 눈물이 핑 돌았어요.

아이들의 사연이 너무 딱했거든요.

어느 날은 이런 저의 감수성에 대해,

이 감수성을 살릴 수 있는 일을 할 수 있을까?

에 대한 고민을 하기 시작했습니다.

예전부터, 나는 왜 일반적인 사람보다 섬세할까?

왜 나는 이렇게 마음이 여릴까? 이런 내가 뭘 하며 먹고 살 수 있을까?

하고 늘 생각해 왔어요.

큰 문제라고 생각한 적도 있었습니다.

그러나 생각해보니 이것은 문제가 아니었습니다.

감수성이 풍부한 우리들은 책도 쓸 수 있고,

요리에도 감성을 담아낼 수 있고,

스타의 공연에 가서 공연에

호응하며 공감할 수 있는 사람일 것입니다.

창의적인 일, 심리치료사, PD, 동화작가,

사회복지사, 시인, 교사, 강사, 변호사와 같은 직업을 통해서

행복을 찾을 수 있고, 심지어 사람들과의 소소한 대화에서도

당신은 에너지를 얻을 수 있습니다.

스스로 꿈꿔오던 모든 삶을 살아갈 수 있습니다.

감수성으로 살아가는 '우리' 자신에게 용기를 불어넣길 바랍니다.

우리들은 사람들에게 많은 영향을 줄 수 있을 거예요.

꿈에 근접한 삶을 사는 자신의 모습을 상상해 보세요.

깊은 응원을 드립니다.

용기를 내 보세요.

감수성이 풍부한 사람만이 만드는 모든 기적을,

여러분은 어느샌가 즐기고 있을 거예요.

#자유의 새

나는 억압이 필요한 게 아니예요.
나는 통제가 필요한 게 아니예요.

나는 판단 받고 평가되지 않아요.

나는 다른새를 위해 날지 않아요.
나는 하늘 아래 속박되지 않아요.

나는 존중함을 먹고 날갯짓 해요.
나는 칭찬 받을수록 높이 날아요.

나의 날개를 꺾어 버리고 부리를
묶어 버리고 다리를 부러 뜨려도

나는 회복되어 하늘을 날 거예요.

나는 독립된 한 마리의 새입니다.

나는 자유로운 새예요.

나는 자유로워요.

나는 자유로워요.

지금부터,

영원까지,

자유로울 거예요!

#저의 이야기를 마치며

사실 저는 추구하는 삶이 있었습니다.

바로 '느낀다'라는 감정에 치중하자는 것이었죠.

삶에서 느낀 모든 게 제 삶에 녹아드는 경험이,

제겐 긍정의 힘이 되었습니다.

회사 동료와 함께 일할 때,

일의 진행 상황에 대해 불평도 하고 공감도 했던 오고 가는 말들과,

업무 채팅창 톡방에서의 대화.

업무에 대한 보고가 올라가고 답변이 오고 갔던 그 대화들,

그리고 업무가 종료될 때 서로 새해 인사를 나누며 마무리하던 대화의 경험.

그리고 힘이 되어주는 사람의 응원. 저에게 있어서 매우 소중한 느낌이었습니다.

주말에는 틈을 내서 좋아하는 가수의 공연을 즐기는 것,

가수와 함께 노래를 부르는 것.

그리고 다시 평범한 일상으로 돌아가는 삶이 제겐 행복입니다.

한국은 가족 중심적인 나라입니다.

그래서 가족과 함께 삶의 경험들을 나누는 순간이 무척 중요하죠.

그러나 이런 느낌을 나눌 가족이 없다면, 그건 얼마나 불행한 삶인가요.

퇴근하고 매일 저녁에 그날 있었던 일에 대해 가족과 얘기를 나누고,

공감을 받고, 알아주고, 잠자리에 드는 그 순간까지 무언가

대화를 나눔으로써 채워진 느낌으로 잠드는 것이 얼마나 행복한 것인지,

사실 저는 잘 모릅니다.

한 번도 경험해 본 적이 없기 때문이죠.

다시 태어난다면 매일 겪어보고 싶은 그런 경험입니다.

저는 어릴 적에 제제가 주인공인 '나의 라임 오렌지나무'를 읽어봤었는데요,

제제가 겪은 모든 것이 이해가 되는 제 머리가 원망스러웠어요.

제제처럼, 꿈 많고 순수했던 어린아이가 가족 안에서 이루어지는

번번히 좌절되는 경험으로 인해 고통으로 물들어가는 인생을

살게 되는 것을 보며 그게 얼마나 비참한 것인지 알아버렸기 때문이에요.

이 인생에서 아무리 벗어나려고 발버둥쳐도 다시 삶은 계속되었습니다.

이제는 압니다.

아무리 소송을 걸어도 학대는 계속되고 가족은 바뀌지 않는다는 것을요.

그래서 저는 매일 기도했습니다.

이제 모든 것을 그만두고 싶다고 말입니다.

그런데 모든 것을 그만두고 떠나는 것도 쉽지 않잖아요?

처음에는 가족들을 설득해보기로 마음먹고 집필하기 시작했습니다.

각자에게 가장 소중해야 할 가족이,

한 개인에게 주는 극심한 피해에 대해, 저는 증명하고 싶었고

밤낮없이 사투를 벌였습니다.

그 과정은 남들에게 말하지 못할 만큼 비밀스러웠고,

고단했고, 거울을 보듯이 고통을 마주 대할 용기가 필요했습니다.

그러나 결론은 아시다시피 "원래부터 우린 가족이 아니었던 거야,

에이, 퉤."라며 인연을 끊고 제 인생 살아가는 식으로 정리되었습니다.

책의 제목이 의미심장하지요.

이 책의 제목에 대해 한 번 생각해 주시기 바랍니다.

저의 이야기는 여기까지이고,

남들에게 말하지 못할 가정폭력을 겪은 모든 분들에게

그나마 제가 드릴 수 있는 위로의 말은 오랜 시간

우리들은 그 속에서 '최선을 다해 살아냈다.'는 것입니다.

그냥 그렇게 자신을 위로해주시길 바랍니다.

저는 소원합니다. 언젠가, 여러분의 보이지 않는

그 경험과 느낌을 함께 나눌 새 가족이 생기길 바란다고.

또 그런 일에 대한 얘기를 언제나 나눌 수 있는 진심 어린 친구들 몇몇이

당신의 곁을 지켜주는 날들이 생기길 바란다고요.

세상이 여러분을 이해하지 못 한다면 여러분도 저처럼 책을 내 보세요.

답답했던 속이 뻥 뚫어지도록이요.

저는 저만의 책을 냈습니다.

하지만 중요한 사실은, 이 책을 내기 전과 낸 후가 다르다는 것입니다.

저는 훨씬 가뿐해지고 개운해졌습니다.

이제 좀 제 삶의 방향성이 잡히는 기분입니다.

이제 이 이야기를 끝으로 인사를 드립니다.

제 고생의 여정을 함께 해주셔서 감사합니다.

마지막으로, 여러분께서 이 책의 지금을 읽으시는 이 순간,

이 느낌이

"나도 더 이상 폭력에 굴하지 않을래. 미련 없도록,

난 나를 지킬 거야.

나 이제 내 삶에 온전히 집중할 수 있을 것 같아."

라는 생각이 자연스레 떠오르신다면,

전 정말 기쁠 것 같습니다.

아빠의 이름은 이종대입니다.

엄마의 이름은 김경조입니다.

동생의 이름은 이은호입니다.

언니의 이름은 이은영입니다.

에필로그

#에필로그

저의 세상을 읽어봐 주셔서 감사합니다.

바쁘게 돌아가는 삶 안에서 일하고,

또 글을 적으며 사회의 한 부분이 된 것 같다는 생각이 듭니다.

저의 세상에 관심 가져주신 여러분들 또한 제게는 하나의 기쁨입니다.

여러분께 승소하는 내용의 소송 전 과정을 공개해 드리지 못해서 아쉽습니다.

소송의 결과를 기다리는 것도 심장이 멎을 것처럼 아프지만,

무엇보다 제 이야기로 여러분께 긍정적인 결과를 전해드릴 수 있을까

저 스스로도 조마조마해서 이 책은 여기서 마무리하기로 했습니다.

현재 부모를 상대로 저는,

원고와 피고의 신분 관계로 계속 싸우고 있으며,

부모로부터 그리고 가족으로부터 학대를 받아

온 사실을 최선을 다해 증명해가고 있습니다.

저는 평생 아빠라는 빈 자리와 엄마라는 빈 자리,

비어 있는 가족의 자리만 바라보며 한 해가 지나고 다음 해가 될 때까지

오늘은 바뀌지 않을까, 내일은 바뀌지 않을까, 늘 기다려 왔습니다.

저의 있는 모습 그대로 가족들에게 존중받고 싶었습니다.

저는 지금의 이 기억을 간직하고 제 마음을 소중히 여기기로 했습니다.

가족과 즐겁게 농담을 주고받고 싶은 마음,

부모님에게 '너는 최고의 보물이야'라고 일컬어지고 싶은 마음,

가족의 온기를 느끼고 싶은 마음이 모두 욕심이고

한낱 소원일 뿐이라고 생각하던 그 마음을,

보듬어주고 위로해주기로 했답니다.

저를 위로하는 사람은 오로지 저뿐이지만,

대신 제 이야기를 통해 위로를 받는 사람이

다수였으면 좋겠다고 생각합니다.

이렇게, 아주 어린 시절부터 지금까지 억압을 당해온

이야기들을 늘어놓으며 여러 가지 생각이 스쳐지나 왔습니다.

여러분도 감정 표현을 하는 것에 어려움이 있나요?

억지로 감정 표현을 하지 않아도 괜찮아요.

감정이 억제된 채로 살아도 됩니다.

감정을 온전히 표현하는 게 허락되지 않았다면요.

그 누구도 명령 따위 하지 않아요.

어떤 사람도 당사자가 되어보지 않고는

그 아픔과 슬픔을 예상할 수 없다고 해요.

저와 독자님들의 마음을 아프게 하는 사람이 더는 없었으면 좋겠어요.

아프지 않았으면 좋겠습니다.

저는 사람과 사람 사이에 고요한,

깊은 수면 아래의 고요한 그런 분위기가 있었으면 좋겠어요.

그것은 감히 함부로 대할 수 없고,

함부로 생각하지 않는 공간으로 남아 우리 사이에 존재하길 바랍니다.

저는 주말이면

술 한 잔 마실 수 있는 작은 책방을 자주 찾아갑니다.

그곳에서 제 또래의 사회생활을 해 온 사람들이

각자의 방식으로 시간을 그린 책들과 함께 합니다.

저 자신을 다독이고 살아갑니다.

여러분들은 어떠세요?

여러분들께도 마음 다독일 곳이 하나쯤은 존재하지 않을까요?

우리 너무 욕심내지 않고 살아가기로 해요.

욕심내지 않고, 매일매일 비슷하고 소소한 행복을 쫓으면서 살아가기로.

때로는 누군가 옆에 없어도 외롭다고 느끼지 않기로 저와 약속해요.

여러분의 외로운 자유는 오롯이 여러분만의 것이랍니다.

때로는 이 외로운 자유가 있기에 존재하는 편안함이 여러분의 공간을

더욱 빛나게 해주고, 새로운 미지의 세계로 데려가 줄 거라고 생각합니다.

우리의 마음은 우리 스스로가 다독이는 것이라고, 자, 우리 모두 약속해요.

함부로 옆에 기대지 않아도,

자기 자신만이 자신을 구해줄 수 있다고 서로에게 더욱 약속하기로.

THE DREAMING

BEAUTIFUL YOUTH

NORDIC INTERIORS HOMES

Tadao Ando

OK

The Monocle
Guide to Better Living

LOOKBOOK

우동과 맞바꾼 세상

1판 1쇄 인쇄 2024년 8월 1일
1판 1쇄 발행 2024년 8월 6일

지은이   노을
편 집   전규성
디자인   도화

펴낸곳   팽귄즈
인스타그램 @ijjieun4514

ISBN   979-11-988938-0-2 03810